帰郷の祭り

La festa del ritorno

カルミネ・アバーテ　栗原俊秀 訳・解説

Carmine ABATE　traduzione di KURIHARA Toshihide

未知谷
Publisher Michitani

帰郷の祭り　目次

序 8

第一部

1 13
2 18
3 25
4 33

第二部

5 39
6 49
7 56

第三部

8 66
9 74
10 82
11 87

12 95
13 100

第四部

14 108
15 115
16 123

第五部

17 129
18 134
19 142
20 148
21 155

第六部

22 162
23 171
24 178
25 182

著者あとがき 193
訳者あとがき 201

La festa del ritorno
by
Carmine Abate

帰郷の祭り

Mames e papaut,

もちろん、母と父へ

書くためには　愛さなければならない
愛するためには　認めなければならない
ジョン・ファンテ

第一部

序

火花が僕たちを取り巻いていた。音を立てて飛びまわるミツバチの群れのようだった。赤いきらめきが消えると、火花は沈黙し、髪の毛や服の上へ吹雪となって降り落ちてきた。こんな炎は見たことがないと、父さんは言った。まるで、いちばん悲惨な思い出のなかに俺たちを放りこむために、わざわざ燃えているみたいじゃないか。悲惨な思い出を、稲光のなかで、永遠に燃やしちまうために。

その夜、聖ヴェネランダ教会の正面階段に腰かけて、僕たちはナターレの炎に見惚れていた［「ナターレ」はクリスマスを意味するイタリア語］。ついさっき点火したばかりなのに、はやくも堂々とした火山の風貌を備えていた。火口からは炎が高々と燃えさかり、立ちのぼる煙の姿は羽毛の房のように見える。この光景を作りだすのに、僕も一役買っていた。年の近い友人たちとホラの路地を歩きまわって、どっしりと太い薪を集めてまわったのだ。ホラでは昔から、赤子の生誕を祝うため、各家庭が薪を寄付することになっていた。

教会の正面の庭は、あらゆる年代の人たちでいっぱいだった。誰もかれもが数人の塊になって、炎にあたりながらひっきりなしに喋っている。父さんの三人の友人が、僕たちの隣に来て坐った。すると父さんが言った「もう汗だくだ。イワシの塩漬けがえらく辛かったもんだからな」その晩、ナターレ前夜の晩餐で父さんは、イワシを腹いっぱいに詰めこんだばかりだった。そこで父さんは、ビールを一ケース買ってこさせるため、僕をバール・ヴィオラまで使いに遣った。「もし一人で運べそうになかったら」父さんはこう言い足す「誰かに手伝ってもらうんだ。頼むぞ」

広場のバールまで走り、肩にケースを背負い、愛犬のスペルティーナを従えて教会に引き返した。

ケースは思っていたよりも重かった。僕は歯を食いしばる。そうして、必死に人の群れをかき分けて進んでいく。

教会の庭にたどりついたとき、スペルティーナはコナの方角に歩みを逸らした。悪魔が相手でも怯えることのないやつだけど、炎を見た途端、一目散に人波のなかへ逃げ出したのだ。「偉いぞ、マルコ」父さんの足もとにケースを降ろすと、父さんが言った「これでお前も大人になった。はじめてのビールを飲ませてやる。お前はそれだけの働きをしたんだ」そして、欲しいかどうか僕に尋ねもせずに、瓶を一本つかみ歯で蓋を開けた。「そら。俺と赤ん坊の健やかな日々を祈って、飲んでくれ」それから、僕らの隣に坐っていた友人たちにも飲むように勧めた。

僕はもうすぐ十三歳になるところだった。その夜まで、ビールを一本飲みきったことは一度もなかった。けれど、ビールの味が気に入った僕は、まるで冷たい水でも飲むかのように、考えもなしに一気にそれを飲み干した。

「もう一本、もらえるかな?」空になった瓶を見せ、僕は父さんに尋ねた。

父さんは目を丸くして僕を見つめた。「もう一本やるけど、これが最後だぞ。なぁ、ゆっくり飲まなきゃだめだ。でなきゃ、ジャガイモの詰まった袋みたいになったお前のこと、家まで背負って帰る羽目になるだろ」

友人たちが父さんをからかった「おい、トゥッリオ。おまえと俺らが束になっても、この坊主が飲む量には敵わないさ。こいつはチーズとチョコレートで育った世代だもんな。ガキのころから貧しい土地に縛りつけられてきた俺たちとは、体のつくりが違うんだ。骨が砕けるほどの苦しみ、ぞっとするような飢え。そんなものとは無縁に育ってきたんだよ」

父さんは笑った。「たしかにな」それから、こう言った「だが、こいつは俺の息子だ。息子ってのは、子を思う父親の言葉に従わなきゃならん。そうだな、マルコ?」父さんは僕の方を向き、厳しく僕を見据えた。けれどすぐに微笑みを浮かべて、その場の空気を和らげた。

僕は視線を下げた。突然、平手打ちでも喰らったみたいに、熱で顔が赤く火照った。すっかり同意したのではない。それはできない相談だ。それでも僕は、はっきりと分かるように頷いてみせた。父さんの友だちの前で父さんに口答えするなんて、そんなこと僕にできるわけがなかった。頷いているあいだ、僕の頭にエリーザの姿がよぎった。言われたとおりちびちびとビールをすすり、僕を内側から燃やしている動揺が鎮まるよう願いをかける。炎のなかで父さんは、いったいなにを〈燃やしちまう〉つもりなのだろう。悔恨を含んだ後ろ暗い視線が、父さんの瞳の裡に宿っていた。いまだ目に焼きついている、血に濡れたあの光景を甦らすくらいなら、僕はむしろ深い暗闇に落ちていきたかった。でも、たぶん僕の早とちりだ。たぶん父さんは、別のことを話そうとしたんだ。

父さんはしばらくのあいだ一言も口をきかなかった。じっと前を見据えたまま、ビールを飲み、新しい煙草をくゆらせている。それから、酸素の管につながれた瀕死の病人みたいに、ゆっくりと長い息を吐いた。指のあいだで煙草の吸いさしが小さくなっている。父さんはそれを炎のなかに投げ入れてから、お湯の通った水道管をさするような仕種で、手をごしごしとこすり合わせた。突然、ひどい寒気を感じたのだ。

やがて父さんは口を開く。父さんの感じている寒気は、はるか遠方からやってきたものだった。凍てつくような冬の数々、父さんが取り組んできた仕事、父さんが暮らしたいくつかのフランスの街について、父さんは僕に話してくれた。ナタ一レの美しい炎に向かって、父さんは語りつづける。けれど僕は、もうそれを聞いていない。僕はエリーザのことを考えている。怒りがビールの泡のように、体の奥からせり上がってくる。

　教会のなかへ人の波が流れはじめた。友だちや親戚、それに母さんが通り過ぎていった。母さんのかたわらには、お祖母ちゃんと、家族のあいだで「ピッコラ」と呼ばれているシモーナがいた〔「ピッコラ」は「おちびさん」を意味するイタリア語〕。みんなが僕らに問いかけてくる「教会に入らないの？」父さんの返事はいつも同じだった「俺たちは赤ん坊の炎のまえで、キリストの誕生を祝うのさ。外で暖をとりながら、元気な赤ん坊のために乾杯するんだ。お楽しみはこれからだ。見てろよ。鐘が鳴るとき何が起こるか、しっかり見てろ」

　それから三人の友人の方を振り返り、「ニア・ズィアル・シュマ・イ・ブクル」と繰り返す。ほんとうに立派な炎だ、ほんとうに、こんな風に燃えてるのは、わざわざ……ここまで話し、突然に口を閉ざす。父さんはビールの瓶をつかみとり、最後の一滴まで流しこんだ。

　僕らは黙って、父さんの考えがまとまるのを待っていた。僕らはまるで、生まれてはじめてナターレの炎を目にしたみたいに、ぼんやりした瞳でそれを見つめていた。父さんは喋らない。風に煽られ、炎はさらに高く揺れる。ちりちりとささやく秘密めかした声が、僕の耳にはしっかり聞こえた。

　目を閉じた。父さんの姿が消えた。そして、週末にコゼンツァの大学から戻ってきたエリーザが現われた。はじめは、楽しそう。時間がたつにつれ、どんどんといらいらしてくる。父さんはいない。父さんは遠くにいる、何年も前から。僕のそばには、ピッコラとお祖母ちゃんがいる。おいしい料理で僕をお腹いっぱいにする母さんがいる。歯をむき出しにしたスペルティーナがいる。時おりあいつは僕の手を噛む。ふわりとした噛みつき方、まるでキスのような。やがて、長いあいだ猫を追いかけまわしてくたびれ果てたスペルティーナは、僕の足もとで丸くなって眠った。

1

目を閉じたまま、丸まって眠っている。きっと夢を見ているのだろう。すると突然、目に見えない足で蹴られたボールみたいに、前のほうへ跳び上がった。そしてやにわに吻えはじめ、柑橘の花の香りを運ぶ四月の風を追いかけていった。たしかに、この香りにはくらくらとさせられる。山と盛られたご馳走のように、鼻孔を、頭を、胃を満たして、僕を怠け者にしてしまう。家の前の小道に面した、背の低い壁の上に僕は腰かけていた。僕は風の匂いを吸いこんだ。僕の犬に追いかけられて、風はどこかへ逃げていった。

「テカ、スペルティネ、テカ。テ・ク・ヴェテ？　どこ行くんだよ？　戻ってこい。クスフ・カトゥ！」僕は叫んだ。けれどスペルティーナは、子どもっぽい僕の声に耳を傾けようとせず、坂になっている小道を進み広場へと駆けていった。スペルティーナの追いかける風に乗って、あいつの嬉しそうな声が僕の方まで響いてくる。

壁から立ち上がり、手足をぐっと伸ばしたあと、僕はあいつに腹を立ててみせた「戻って僕の手を舐めたって遅いからな。思いきり蹴っ飛ばしてやる」僕はかん高い声で叫んだ。それでもスペルティーナは戻ってこなかった。たぶん、もう広場にいる。教会の周りの小道で、猫でも追いかけているのだろう。

僕は家に帰った。いつもどおり、扉は開け放たれたままだった。玄関から家の中へ、柑橘の香りがなだれこんでいた。ピッコラが二人の友だちといっしょに、継ぎ接ぎの人形に服を着せている。僕の姿を目にするなり、三人は理由もなしに笑いはじめた。ひょっとすると、僕のふてくされた顔や、やっとの思いで呼吸している膨らんだ胸が、あいつらにはおかしかったのかもしれない。僕はもう少しで、三人や継ぎ接ぎの人形に蹴りを喰らわしてやるところだった。

母さんは台所で食器を洗っていた。束ねた黒髪が肩の上を跳ねている。歌のリズムに合わせて体を揺らす女の子のようだった。流しでざぁざぁ水が流れるなか、僕の足音を聞きつけた母さんが大きな声で話しはじめる「マルコ、ヤ・ティ？　お腹が空いてるなら、パンにサルチッチャを載せて食べなさい［「サルチッチャ」はソーセージを意味するイタリア語。標準イタリア語では「サルシッチャ」］」

母さんはいつも食べ物のことばかり考えている。ピクルスやら、腸詰めやら、塩水に入れたオリーブやら、油に漬けたキノコやら、炎のように辛くてしょっぱいイワシやら、そうしたものをこしらえて、腕によりをかけた料理を用意するために、一日のすべての時間を費やすのだ。

食べ物の保管部屋はあらゆる種類の瓶でいっぱいになっていて、僕らが中に入る隙間すらないくらいだった。ここにあるたくさんのご馳走は、フランスで働く父さんが、ナターレの休暇に帰ってくるときのためのものだった。たくさん食べろと母さんが僕たちにしつこく言い聞かせるのも、じつのところ父さんの帰郷と関係がある（母さんはとりわけ、僕とエリーザにたいしてはうるさかった。なぜならピッコラは母さんに似て、もうじゅうぶんにぽっちゃりしていて、いつだってなにか食べたがっているから）。母さんは父さんに、痩せこけた僕たちの姿を見せたくない。「骨の上に肉がある。そうしてきれいに見えるのよ」太ることを心配するエリーザに、母さんはしょっちゅうこう繰り返した「あなた、小鳥と同じくらいしか食べないのねぇ」母さんのおいしい手料理を僕が食べようとしなかったり、スペルティーナの方に放り投げてやったりすると、母さんは決まって怒り狂った。そんなときスペルティーナは、お行儀の良い人間みたいに、口を閉じたまま顎を動かしていた。まったく、抜け目のないやつ。

僕はこの日、近所に暮らすお祖母ちゃんの家で昼食をとっていた。鶏ガラのスープのパスタだった。母さんはこの鶏ガラスープを〈ウヤ・トゥルブッル〉と呼んでいた。「濁った水」という意味だった。一方で、母さんの手になる栄養満点の料理はエリーザに言わせれば、いつも「油まみれ」なのだった。お祖母ちゃんはほっそりとした華奢な人で、ひどく小食だった。僕を招いてくれたときも、お祖母ちゃんは質素な食事しか出さなかった。だからこの日の午後、僕はお腹が空いていた。

僕は椅子に昇り、竿にぶら下がっているサルチッチャから大きな欠片を切り取った。母さんは僕のために、濡れた手でパンを一枚、大きく切ってくれた。「ハイエ・ギ・ブカン・エ・サツァツィン。パンとサルチッチャ、ぜんぶ食べなさいよ、マルコ」母さんが言った「あなたはもう八歳なんだから。ちゃんと食べないと、お祖母ちゃんみたいに細っこいままよ」そういう母さんはソフィア・ローレンのように肉づきが良く、本人もそれを自慢にしていた。太っちょというのではない。そんなんじゃない。でも、葦で編んだ細くて平べったい箒とも違うんだ。

家を出てから、小道の壁の上に腰かけて、僕はパンを食べはじめた。

サルチッチャは辛かった。薄く切ったものをパンの上に載せ、父さんが教えてくれたとおりに、ナイフで刺して口まで運ぶ。はじめのうち僕は、スペルティィーナが吠えていることに気づきもしなかった。食べ進めるうち、口から火が出そうになる。スペルティィーナの姿は見えないけれど、声は遠くから聞こえてくる。鼻の上に皺を寄せてどこかのオスをからかっている光景を、僕は思い浮かべた。スペルティィーナの尻尾の根元を嗅ごうとして、あいつのことを追いかけまわすオスが、このあたりにはたくさんいるから。スペルティィーナは美人で、すらりと背が高かった。白い毛が輝きを放ち、背中に浮かぶ茶の斑点はたくさんの小さな星のように見えた。

最初に姿を見せたのはスペルティィーナだった。そして、小道の先に突然に現われた。スペルティィーナはその人の脇を、後ろ足でまっすぐに立って歩いている。それから、その人の背中に飛びかかったり、顔を舐めたりしている。僕にはその人が誰なのか分からなかった。いいや、分かったけれど、本当だとは思えなかった。これは夢か、あるいは、なにかの間違いに決まっている。

良く見えるように目をこすった。すると、サルチッチャの油にまみれた指でかさぶたを剥がしたときみたいに、僕の両目に涙が浮かんで溢れ出しそうになった。小道の向こう、ぴりぴりと辛い涙のあいだから、父さんが姿を現わした。はしゃいで後ろを飛び跳ねているスペルティーナを、父さんは片手で押しとどめていた。胸のあたりにボールを抱えている。その後ろでは、父さんの荷物を運ぶ友人や近所の子供たちが行列をつくっていた。

小道の先にいる僕に気がつき、父さんはボールを放り投げた。下り坂になっている砂利道を跳ね、ボールが転がってくる。僕はそのジグザグの動きを捉え、ゴールキーパーも顔負けの跳躍でつかみ取った。

それは革製のボールだった。栗色で、少しだけ暖かい。僕は胸のあたりに、ボールをぎゅっと押しつけた。友だちが僕の周りを取り巻いて、いっしょに遊ぼうとせがんでくる。だけど僕は、ボールに指一本たりとも触れさせなかった。こんなに見事なボールは、ホラでは誰ひとり見たことがなかった。正真正銘の革製だ。

「これは父さんが僕のためにフランスから持ってきたボールだ。僕だけのものだ。あっち行け！」ニコリーノやマリオやペペやヴィットーリオに、僕はそう言ってやった「革の匂い、嗅いでみろよ」みんなが僕に近づいてきた。僕はボールを頭上に高く掲げ、こう繰り返した「エクニ・カテ！　あっち行けって！」

スペルティーナが、喜びで狂ってしまったように吠えつづけている。あいつは僕の足もとで体勢を整え、ほかの少年たちの攻撃から僕を守ろうとしていた。もちろん、父さんからの攻撃じゃない。やがて父さんは僕に駆けより、僕の腕をつかむと、ボールといっしょに僕を空へ放り投げた。

2

翌日、僕はかなり朝早くに目を覚ました。父さんたちの部屋に裸足で入って、父さんが肉も骨もある本物かどうか確かめるため、ベッドの脇に近寄っていく。念には念を入れて、人さし指で父さんの背中に触れる。それから幸せな気分で自分の部屋に戻り、革のボールを抱きしめて眠った。

すべて夢なんじゃないかと、不安だった。父さんが帰ってくるのはいつも冬だった。凍てつく風が吹きつける季節だけれど、僕はちっとも寒くなかった。ナターレの炎の準備をしていると、僕の毎日は急に活き活きと陽気になるから。そのころには時間までが歩みを速め、前へ後ろへ行ったり来たり、スペルティーナみたいにあたりを駆けずりまわるのだ。

四月に父さんが戻ってくるのは、これがはじめてのことだった。「お前たちを驚かせてやりたくてな」夕食のあいだ、母さんお手製の辛いサルチッチャやピクルスをがつがつと頬張りながら、父さんは言った「パスクアを故郷で過ごしたかった［「パスクア」はイースターを意味するイタリア語］。ランザンを、茜の根を採りに森に行きたかったんだよ。カクペの卵に色をつけるのに必要だろ？　それに、花の咲いた原っぱをまた見たい。それになにより、お前たちといっしょにいたかった。はやくエリーザを抱きしめてやりたいな。まったく、待ちきれないね」

そんなわけで、父さんとスペルティーナと僕は翌日の昼近く、常盤樫《ときわがし》の根元に生える茜を探しに、森の中へ入っていった。

家を出る前、三歳のピッコラが僕たちといっしょに来たがって、父さんの足にしがみついていた。僕たちはあいつをお祖母ちゃんに預けた。お祖母ちゃんは家族のなかで、辛抱というものを持ち合わせている唯一の人物だった。ピッコラの気まぐれに不平も言わずに付き合えるのは、お祖母ちゃんだけだった。

はじめのうちどんな言葉を交わしたのか、僕はもう忘れてしまった。記憶にはただ、鳥のさえずりが遠くから奏でる音色や、四月の鮮やかな色彩しか残っていない。イガマメの丘の赤、雛菊の花の黄や橙、白く咲き誇る桜、きらきらと光る常盤樫の緑。そして空。目を楽しませる、光でいっぱいの青。

遠くからは大きなビーフステーキに見えるイガマメの赤い塊に、スペルティーナが鼻を近づけていた。真剣な面持ちで集中して嗅いでいる。スペルティーナも、父さんや僕と同じように静かだった。

父さんは茜が生えている場所をすっかり把握していて、僕らはすぐにそれを見つけた。茜の葉は薄くて硬く、土にしっかり根づいていた。

「まだ子供だった時分には……」父さんが言った「舌の上でこの葉っぱを、やすりみたいにごしごしとやったもんだ。舌から血が出てくるまでだぞ。まったく、考えなしのガキだったよ、俺たちは！　あのころは、人生には苦しみが足りないとでも思いこんでいたのかもな」

それから手で穴を掘り、ちぎってしまわないよう丁寧に、そっと茜の根を引き抜いた。

僕は二本の指で一枚の葉を引きちぎると、父さんとスペルティーナの驚きをよそに、舌の上に四回、五回と、力強く葉をこすりつけた。いやに甘ったるい血の味が、舌の上に広がっていく。僕は歓喜の叫びを上げた「血が見える？　ねぇ、見えるだろ？」

僕の振る舞いを見とがめたスペルティーナが、大きな声で吠えている。父さんは僕の頬を中指で軽く弾き、こう言った「考えなしのガキだな、やっぱりお前も」僕にとってそれは、こう言われたのと同じことだった〈お前はこの世で、いちばん勇敢な子供だよ〉

僕たちは籠いっぱいに茜の根を採って集めた。籠を運ぶ役目は僕が買って出た。籠は重かった。だけどそんなこと、僕にはどうだってよかった。舌が僕を燃やしていた。僕は今、父さんの隣を歩いている。ただそれだけが、僕にとって大切なことだった。

野原が光を浴びて輝いていた。小麦が緑の海のように波打ち、風は涼しかった。オリーブの木によじ登っている農夫たちに、父さんが声をかける「よぉ、元気か！　みんな、元気か、ここだよ！」

呼びかけられた人たちは、熊手を膝の上に置いて動きをとめ、父さんの方に視線をよこした。「あぁ、トゥッリオ、あんたかい、クル・ケ・アルヅル？」それから、フランスの生活や、フランスに暮らす自分たちの息子や友人にまつわる質問を、雨あられのごとく父さんに浴びせた。

父さんは歩きながら返事をした「ミル、ミル、テ・フロンチャ、リヘト・ミル」こんなふうに繰り返し、フランスでは元気にやっていたことを伝えた「それどころか、トレビアンだ。フランス人が言うみたいにな」パリや仕事について手短に報せを伝え、ほかの質問を聞き、あらゆる方向に返事を振り撒いた。畑を区切る木苺や庭常《にわとこ》の生け垣の上を、お互いの顔も見えないままに、いくつもの声が行き交っていた。つま先立ちをすれば、遠くから身振りたっぷりに呼びかけている農夫たちの姿が見えたはずだ。やがてこんな声が聞こえてきた「シヘミ・ソンテ。夕方にバールで会おう、いいな、トゥッリオ」

あの男に出会ったのは、村に帰り着く直前だった。僕らの家の方角に伸びる樫の林の近道から、男は突然に姿を現した。濃い髭が水に濡れている。スペルティーナが喉を潤すために駆けていった泉で、岩から湧き出る旨い水を飲んできたのだろう。

「こんにちは」父さんが言い、僕も父さんに倣った。

「こんにちは」男は答えた「茜を集めていたようですね」

「えぇ。この下の森にたくさんあるので」

「知っています」男が僕の方を見て言った。目が澄んでいて、髪の毛に白髪が混じっている。

「いったいどこに行くんです？」興味を引かれて父さんが尋ねた。

「足の向くまま、気の向くまま」

僕は吹き出した。

「つまり？」父さんは好奇心をそそられている。

「どこか、ですよ。疲れたら、とまります。それからまた出発します」

「立派な人生を送ってますな」父さんは言った。でも、男をからかっているのだとすぐに分かった。

「足が前に進むかぎり、不平を漏らすわけにはいきません。世界は美しいですね、とくに春は」

お喋りにじゅうぶん付き合ったスペルティーナは、大きな声で吠え立てながら樫の林に飛びこみ、家に向かった。

「では、どうぞ良い旅を」父さんが言った。

「あなたたちも」返事をすると、男はマリーナの方角へ伸びる下り道を歩いていった。

家に着いた僕たちは、台所の流しに籠の中身を移した。土の汚れがついた小さな蛇みたいに、茜の根はあらゆる方向にまたたき揺れた。

そのとき、いつもどおり本がいっぱいに詰まった重たいバッグを抱えて、エリーザが帰ってきた。路上で車をつかまえてコゼンツァから戻ってきたとエリーザは説明した。ぴったりとしたジーンズにスニーカーという格好だった。父さんがキスをしたとき、僕はエリーザの背が父さんを追いこしていることに気がついた。黒く波打つ髪の束を、エリーザが眼元から持ち上げる。エリーザの口からふと、困ったようなため息が漏れて出た。

父さんが尋ねる「さて、わが家のきれいな女学生さま、勉強の調子はどうだ?」

エリーザは素っ気なく答える「ええ、父さんのお望みどおり!」父さんと再会したことを、エリーザはあまり喜んでいない様子だった。

父さんの視線に落胆の色が浮かぶ。そこで母さんが、仲を取り持つような調子で言った「この子ったら、ひと月のあいだに二つも試験を受けたのよ。昼も夜も勉強してたんでしょう。だからこんなへとへとになって、気が立ってるのね」そして、会話をきっぱり終わらせるため、カクペを作るのを手伝うようエリーザに頼んだ。カクペはパスクアの季節に僕たちの村で作られる、特別なお菓子だった。

二人は茜の根をつかみ、丁寧にそれを洗いはじめた。血のような赤い汁が浮き出てくるまで、二つの平たい石で根を押しつぶす。それから、ぬるま湯と卵でいっぱいになった鍋に、逆さまになった巣のようにして根を差しいれる。卵はゆっくり、六月の夕暮れに似た赤色に染まっていった。仕上げに、ルビーのようにきらめく卵がカクペに嵌めこまれた。

パスクアの翌日の月曜日、二つの大きな籠を持って僕たちは野原に出かけた。籠の中にはカクペ、パン、サルチッチャ、ソップレッサータ、ラザニア、オムレツ、ハム、イワシ、黒と緑のオリーブ、それにワインとオレンジジュースの瓶がぎゅうぎゅうに詰められていた。でも、僕たち子供はカクペを食べるときのことばかり考えていた。

暖かな一日だった。エリーザは腕を組み、死人みたいに目を閉じて、柔らかな草の上に寝そべっていた。たぶん眠っているのだろう。

ピッコラと僕はかくれんぼをしたり、前に父さんが作ってくれたシーソーで遊んだりした。それから急に、女と男のチームに分かれ、革のボールを使った即興試合が始まった。

スペルティーナは僕たちに少しだけついてきてから、坂の方に駆け出していった。猪だか野兎だかのあとを追いかけ、ごつごつした岩に向かって吠えている。興奮したあいつの声が僕たちの耳まで届いた。スペルティーナは泥まみれになって戻ってきた。誰かにいたずらされたみたいに、背中のあちこちに木苺の小枝をくっつけていた。僕たちはあいつをからかい、まったくひどい目に遭ったなと言ってやった。スペルティーナは父さんの足もとで丸くなり、聞き分けの良い子供のように、静かに体をきれいにしてもらっていた。掃除が終わると、あいつは懲りずに岩の方に跳んでいき、やがて、一度目よりもっと汚くなって戻ってきた。

正午、母さんは草叢と野花の上に食卓を整えた。エリーザが目を覚ました。

「わたし、狼みたいにお腹ぺこぺこ」ようやく上機嫌になってエリーザが言った。頬は陽を浴びて赤くなり、目覚めたばかりの青い瞳は夢うつつの様子だった。

僕たち子供はカクペばかり食べた。まずは目で、それから口で堪能した。スペルティィーナにもカクペを二かけ、ちゃんとキスをしてから放り投げてやった（キスをしてからでないと罰《ばち》が当たるのだ）。あいつはカクペの匂いを熱心に嗅いでいた。でも、ラザニアの残りの方が好みに合うようだった。

食事のあいだエリーザは楽しそうにしていた。ここ最近ふくらんできた「ビール腹」のことで、父さんをからかっている。スペルティィーナを撫で、僕とピッコラの頬を優しくつねる。やがて草の上に身を投げると、エリーザはまた目を閉じた。

3

一週間、二週間とたつにつれ、父さんがすぐそばにいることに僕は慣れていった。父さんは二度と出発しないのだと自分に言い聞かせた。父さんが帰ってきたときは、いつもこうだ。父さんがいなかった長い時間を、僕は忘れようとする。フランス、というより、家族のあいだで言うところの「フロンチァ」という言葉を、自分の頭から追い出そうとする。また出発するつもりなのかと、父さんに尋ねるだけの勇気はなかった。それでもし、「あぁ、行かなきゃな」とでも返事されたら、出発の日まで苦しい思いを抱えつづける羽目になるから。

毎朝、僕はおまじないの儀式を繰り返した。誰よりも早く起き、ベッドに行き、父さんがまだそこにいることを確かめた。時おり僕は、指で父さんの髪に触れ、手でそっと肩を撫でた。父さんはそのあいだ、目を覚ますことなく母さんの胸に顔をうずめている。僕は部屋に戻り、革のボールを抱きしめて眠りにつく。

ある日曜、いつもと反対に父さんが僕のベッドへやってきた。コーヒーと煙草の匂いがする父さんの息を嗅ぎつつ、僕は目を覚ました。父さんのしわがれた声が聞こえる「起きろ、ねぼすけ。今日はスペルティーナを猪狩りに連れていく日だぞ」

父さんは猟師だった。普段、冬に休暇を過ごすことにしているのは、その季節なら大物の狩りに行けるからだった。父さんと友人の猟師たちは夜明け前に車で出かけ、夕方近くに戻ってくる。彼らの小さなトラックの荷台にはいつも、散弾銃で仕留められた猪が一匹か二匹、その見事な姿をさらして横たわっていた。父さんたちはクラクションを鳴らし、少年のように誇らしげに、死せるトロフィーを掲げて村をめぐる。春は猪狩りが禁じられている。だからこの朝も父さんは、銃は家に置いていった。簡単な食事の入った肩掛けカバンだけを手に取り、僕に言った「来い、もうだいぶ遅いぞ」

スペルティーナはご満悦だった。あいつの目が笑っている。なにもかも分かっているんだ。僕だってご機嫌だった。父さんの横をきびきびと歩き、カクぺをひとつ口に入れる。太陽は海の向こうから顔を出したばかりだった。あんなに大きくて赤い姿は、これまで見たことがなかった。僕たちと同じように、通りもまた静まりかえっている。

僕たちはホラを出たあと、菜園のあいだの小道を進んだ。生け垣の先には、昼に取れたてを食べるためにチシャの葉を集めている年配の農婦の姿が見えた。ほかの何人かはニンニクや玉葱に水をやったり、トマトや唐辛子の柔らかな草のまわりを鍬で掘り返したりしていた。

さらに進むと、野原はすでに農夫たちでごった返していた。ほとんどが年寄りで、ゆったりと、けれどひとときも動きをとめずにせっせと働きつづけていた。空では燕が休みなく、行く先も定めぬままに、上へ下へと風を切っていた。そして時たま、まるで陽の光に酔ったように、ぐらりと大きく羽を揺らした。

はじめにあの男を見つけたのは僕だった。イガマメや牧草に覆われた丘の上、一本だけすっくりと立つオークの木影にあの男が坐っていた。僕は言った「父さん、見て。わけもなく旅してる変なやつだよ！」

目を陽射しから守るため、平らにした手のひらを額に当て、父さんが男の方を眺めた。「あれは変人じゃない。あいつの頭の中身は、わざわざ外国まで働きにいって苦労してる俺たちよりよっぽどまともだ。人生は流れ去る、それなのに俺たちは、子どもや、妻や、芽の吹いた美しい大地の喜びも味わえずにいるんだ。まぁ、ここの大地にはちょっとばかり、トンチキなこともあるけどな」

僕にはトンチキという言葉がどういう意味だか分からなかった。そこで父さんはこうつけ加えた「俺たちみたいに、少しだけ間抜けだってことだよ」そこで僕は、今、僕らのうちで唯一まともな頭を持っているのはスペルティーナだけだと思った。たくさんの花やイガマメが入り乱れる草叢にあいつは鼻を押しつけている。香りを楽しむためではなく、猪が残していった臭いの跡をたどるために。スペルティーナは抜群に頭が良い。あいつの鼻が平原に刻む軌跡は、迷宮のなかで結びつき絡まり合う細長い曲線の道のように錯綜としている。それでもあいつは、勝ち誇った表情を浮かべてその迷宮を脱出してみせる。不意に、荒く激しいあいつの声が聞こえた。その声はすぐに唸りへと調子を転じた。あいつは岩山のあいだに身を投げる。二、三分が過ぎたころ、スペルティーナの声が森の静寂を破った。それにつづけて、くぐもった足音が耳に響く。素早く重い、四つの足が鳴らす音だった。

「あいつ、見つけたな」父さんはひどく嬉しそうだった。「猪は森のなかに閉じこめられるぞ。もし俺がいま銃を持っていたら、獲物が林から出てきた途端に、パン、パン、だ。誰も引っこ抜いてやれないような銃弾を、猪の頭に二発ばかし打ち込んでやる」

僕は父さんを見つめた。父さんが銃を持っていないこと、スペルティーナの鼻と足を鍛えるためだけに自分たちが野原にいることに、僕はほっと安堵した。

猪は逃げた。スペルティーナは一瞬たりとも、猪を見失わなかった。森から姿を現わした二匹の獣が、矢のごとく丘を駆け抜けていく。黒が猪、白がスペルティーナだ。「まるで二つの火山だな」父さんが言った「じきにあいつら、鼻から火を噴きだすぞ」

二つの火山は坂道に沿って姿を消した。けれど、一分もたたないうちに丘の上に戻ってきて、オークの木の周りを走り去っていった。あの男はじっと動かず、僕らと同じようにその光景を眺めていた。

猪は逆上していた。逃げ道を見つけられずに、わけもなく向きを変えた。それから意を決したように、僕らの背後にある崖の方角へ駆けていった。スペルティーナがやつに追いついたのは、まさにこの瞬間だった。首筋に息が吹きかかるほどの距離でスペルティーナが吠えたそのとき、抜け目のない残忍な猪はふと歩みを緩めた。突然に振り返り、鋭くとがった二本の牙でスペルティーナに噛みつくと、猪はスペルティーナを僕らがいる方に高々と放り上げた。

僕たちはすべて見ていた。空を飛ぶ燕のあいだで、スペルティーナがぐるりと回る。あいつの体は音も立てずに草地に落ちた。スペルティーナはもう吠えない。たぶん、死んだ。

僕たちはスペルティーナのもとに駆け寄った。目を閉じていたけれど、どうにか息はしていた。血まみれだった。父さんはスペルティーナの体を横向きにした。右の腿の内側、尻尾に近いところに深い裂け目ができていた。父さんは言った「出血で死んじまう」すると僕は、すでにスペルティーナが死んでしまったかのように、わっと泣き出した。

父さんはシャツの袖を引きちぎり、出血をとめようとした。それからスペルティーナを片腕で抱え、村の方角に早足で歩きはじめた。僕は父さんのあとを追いかけた。

「ソト・アシュト・エ・ディエル。今日は日曜だ、どこで獣医を見つけたらいい？」父さんが沈んだ声で自問している。まだ諦めていない。僕は唇を噛みしめる。返事もせず、希望もないままに。

だいたい百メートルくらい進んだところで、あの男が道をふさいだ。

「とまって、わたしに見せるんだ」男は命じた。

ぐっしょり濡れた詰め物を父さんが持ち上げると、傷口からまたも血が溢れ出てきた。

「こんなに立派な犬を出血で死なせたりしたら、もう村の入り口をまたぐこともできないでしょう。地面に寝かせてください。腹を上にして」男は言った。父さんは男の言葉に従った。

男はリュックサックを開き、小さな布袋から太い針と糸を取り出した。それから、僕たちに自分の考えを説明した「傷口を閉じてみます。この犬を救うにはそれしかなさそうですから」

父さんは男に言った「慎重にな……」脅しなのか、畏れなのか、どちらとも分からないような声の調子だった。すると男はほんの一瞬、鋭い視線で父さんを見据えた。きっぱりと、力強く。そして、仕立て屋のように巧みな針運びで、皮膚の両端を縫いはじめた。

スペルティーナは呼吸をせず、大きく目を見開いている。ここではないどこか遠い場所で、物思いに耽っているみたいに。男の針は、スペルティーナの硬い肌というより、リネンの柔らかな布を縫っているようだった。男は縫い合わせの箇所ごとに結び目を作り、時おり血にまみれた手を草で拭いた。

作業が終わった。汗に濡れた額に腕を当て、男が言った「止血しました」けれど念のため、それぞれの結び目の確認を始めた。指の腹を使い、柔らかな手つきで、まるで愛撫するようにひとつひとつ触れていく。

「助かりますか？・」不安げに僕は訊いた。それはまるで、彼にこう問いかけているような調子だった〈スペルティーナのこと、どう思いますか？〉

「そこいらの人間よりずっと勇敢だ。一度だって不平をこぼさなかったからね」

そこで父さんは、傷口に触れないよう用心しつつスペルティーナを脇に抱え、男を昼食に招待した「うちに食事に来ませんか？　妻がトゥマク・シュピエを用意してます。フェルレットの手打ちパスタです。辛いサルチッチャのソースですよ。あいつのお手製です、本当に旨いんだ。俺を信じてくださいよ」

男はもう、マリーナの方角へ歩きはじめていた。「また次の機会にしますよ、ありがとう。もう行かないと」男は言った。

「どうもありがとう。スペルティーナの分も、ありがとう」

「スペルティーナ《利口なやつ》？・」最後にもう一度こちらを向き直って、男はその名前を繰り返した「良い名前だなぁ。あなたたちが飼っているような賢い犬に、ぴったりの名前だ」そう言い終わるころにはもう、丘の向こうに姿を消していた。

近道をするために、まずは干上がった川筋を進んだ。険しい岩山を取り巻いている、家畜を通すための頼りない山道を、僕たちは引き返していった。僕は何度か、目を閉じたまま鳴いているスペルティーナを撫でてやった。そしてようやく、ホラの村の最初の家々、知りたがりの女たち、「イカ」をして遊んでいる子供の集団が姿を現した［「イカ」は隠れん坊に似た遊び］。隠れる場所を探す子供たちが、庭常《にわとこ》の茂みや馬屋の裏、広場の方へ駆けていく。

少ししてから、パラッコの坂道が始まるあたりで、僕らを探しにきた母さんと出くわした。不安げな面持ちを浮かべ、ピッコラを抱えながら叫んでいる。どこかですでに、誇張された事故の顛末を聞いてきたらしい。「マルコ、トゥッリオ、人殺しの猪にどんな目に遭わされたの？　お願い、話して。二人とも怪我してるの？」

「喚くんじゃない。俺たちは大丈夫だ。見て分からないか？」父さんは答えた。敗残兵の曇った眼差しと、片方の袖がない血まみれのシャツ。

「死んじゃったの？」震える指をスペルティーナの方に向け、ピッコラが訊いてくる。

「今のところは、大丈夫だ。どこかの余所者が傷口を縫ってくれた」

スペルティーナがくんくんと鳴いた。「お腹が空いてるんだ」僕は通訳した「僕たち、お腹が空いてるんだ」

4

スペルティーナが怪我をした日の昼過ぎ、エリーザがコゼンツァに帰ると言いだした。いくら引きとめようとしても無駄だった。スペルティーナのために僕たちの家に駆けつけ、僕たちといっしょに悲しみに沈んでいたお祖母ちゃんでさえ、エリーザを説得することはできなかった。家じゅうを満たす張りつめた空気が、お祖母ちゃんの肌にも絡みついていた。エリーザはたいてい、母さんよりもお祖母ちゃんの言うことによく従い、いつもお祖母ちゃんの意向を満足させていた。それどころか、もっと言うなら、エリーザはお祖母ちゃんを敬い崇めていた。というのも、エリーザを甘やかしてわがままに育ててあげたのは、ほかならぬお祖母ちゃんだったから。けれどあの日のエリーザは、大学の授業が明日には再開されるのだと繰り返し、けっして譲らなかった。自分は五月の試験のためにたくさん、ものすごくたくさん勉強しなければならない。もちろんスペルティーナのことは可哀想に思っている。だけどもう、一分たりとも、ここに留まってはいられない。いっしょにコゼンツァに帰るため、マリーナの分かれ道で友だちが待っている。その子たちと講義のノートを交換する約束なのだ。

エリーザが出発の時を待ちきれないでいることは僕にも分かった。

父さんは広場の定期バス乗り場までエリーザを送っていき、まっすぐ家に帰ってきた。父さんの表情は曇っていた。スペルティーナの苦しげな鳴き声が聞こえてくる方を、身じろぎもせずに見つめていた。一言も喋らなかった。

母さんは、黒くてごわごわとした父さんの髪の毛を乱暴にかきまわした。僕たち子供を慰めようとするとき、母さんはよくそんなふうにした。「冬の夜みたいに真っ暗な顔してるわよ。あなたのかわいい一人息子より、もっと落ちこんでるのね。心配しないで、スペルティーナはすぐに良くなるから」けれど母さんは、父さんが打ち沈んだ表情を浮かべている本当の理由に、ちゃんと気づいていた。


さいわいスペルティーナは、みるみるうちに快方に向かった。はじめのうちこそ、足を引きずりながら歩いていたけれど、傷口をしょっちゅう舐めて唾をつけていたおかげで、化膿もせずに裂け目はふさがっていった。

父さんの友人の猟師たちは、スペルティーナの様子を見るために家に立ち寄り、縫い跡を確かめてから感想を伝えた「猪の野郎どもは娼婦の息子さ。ごろつきみたく危なっかしいんだ」猟師たちは立ち去る前、小さなグラスで一杯だけコニャックを飲んでいった。そして、少し父さんとお喋りしてから、いつもこう尋ねた「トゥッリオよ、次はいつ発つんだ？」

そんなとき、父さんは僕を見つめ、返事をせずに黙っていた。

ある晩のこと、いつもどおり無言の眼差しを感じたあと、僕はとうとう、ずっと前から舌の先を焼き焦がしていた質問を、勇気を振りしぼって父さんに投げかけてみた「ねぇ、どうしていつも、また出発しなけりゃいけないの？　ねぇ、父さん、どうしてなの？」

父さんは、すぐには返事をしなかった。だから僕は言葉を重ねた「ここで、僕らといっしょにいるのが嫌なの？」

父さんは両手で僕の顔を包みこみ、まっすぐに僕の瞳を見つめてきた。深い声、ほとんど心動かされるような声で、父さんはこう言った「想像してみろ。後先も考えない生まれながらのちんぴらが、お前のこめかみにピストルを突きつけて言うんだよ〈お前が発つか、俺が引き金を引くか。どっちか選べ！〉お前なら、どうする？」

父さんは僕の返事をむなしく待ちつづけていた。僕は返事をしたくなかった。父さんに、返事を聞かせるわけにはいかなかった。

「お前は発つさ」父さんは自分で答えた「発つさ、もちろん。俺や、村の若い連中が発ったのと同じように。なぜって、俺たちには救いなんぞなかったんだからな。俺たちが持っているわずかな土地じゃ、農夫の仕事をしたところで、飢えて死なないようにするのがやっとだった。俺たちの住む家ときたら豚小屋のように小さくて、古くて、不便ばかりだった。たいして立派な脳みそじゃなくても、俺には簡単に想像できた。お前やエリーザやピッコラが、俺たちとまったく同じ、山羊みたいな生活を送る羽目になるだろうってな。そのあいだも、世界は前に進んでいった。俺たちのこの土地でも、同じように進んでいったんだ」

顔が焼けるように熱かった。父さんは僕の肩へ手を滑らせていった。手のひらと眼差しには、なおも強い力が込められていた。

「だから、俺は発つんだ」父さんは言った「だから、俺はここに残るわけにはいかないんだ。もし俺がここにいたら、エリーザが大学で勉強するための金は誰が送るんだ？　俺がここにいたら、俺やお前たちはなにを食うんだ？　人の頭か？　これから先、お前はどうやって勉強するんだ？　お前にはまだ分からんよ、ビル、だけどいつか分かるはずだ」

ところが僕には分かっていた。ずっと前から、僕には分かっていた。僕たちみんなのために、僕たちの未来のために、フランスで生活する父さんがどれほどの犠牲を捧げているか。僕たちはその物語を、まるで頭から水でも浴びせられるようにして、幾度も繰り返し母さんから聞かされてきた。僕はただ、その物語を受け入れられないだけだった。そんなの不公平だ。残酷だ。僕はそう思った。未来とは子供にとって、中身のない空っぽの言葉だった。僕は今の暮らしのなかで、毎日父さんの隣にいたかった。ずっと、ずっと。

僕は家を出てスペルティーナを抱きしめにいった。いつも散歩しているパラッコの小道で、あいつは僕を待っていた。察しの良いあいつはくんくんと鳴いた。少なくともあいつだけは、僕の思いを分かってくれていた。

四月も終わりのとある朝、もぬけのからになったベッドを僕は見つけた。母さんは台所にいた。頭を垂れて静かに仕事している。僕はベッドに戻り、落ち着くよう自分に言い聞かせ、もういちど眠ろうとした。父さんはきっと、朝早くに野原へ出かけたんだ。しばらくしたら戻ってくる。きっと戻ってくる。これまでにも何度か、そういうことはあったんだから。きっと戻ってくる。僕は夢うつつに祈った。きっともう、戻ってきているころだろう。

昼前には、僕はすべて理解していた。父さんはたいてい、僕が寝ているあいだに出発する。僕のおでこにキスをしてから、父さんは発つ。今回も、父さんはそうしたんだ。悲しみに暮れて泣きわめく僕の姿を、父さんは見たがらないから。それとも、泣いている自分の姿を、僕に見られたくなかったのかな。

僕は両手にボールを抱えて外へ飛び出した。腰の高さにボールを放り出すと、宙に浮いたボールを思いきり強く蹴った。ボールは壁にぶつかって、大砲のような轟音をたてた。

それが呼び水になったみたいだった。あっという間に、僕の友だちが何人も現われ、転がるボールを追いかけはじめた。小道に建つ背の低い壁に昇って、僕はそこに腰かけた。いつものように、体がすっかり蒸発して、二つの瞳だけが残った。ぼんやりと宙を見つめる、子供っぽい二つの瞳。すでに父さんの姿はなかった。僕が見ている光景は、アクション映画のワンシーンのように激しくてやかましかった。あのとき僕は、柑橘の香りを運ぶ風の影さえ見分けられるような気がした。たぶんスペルティーナは夢を見ていた。僕の足もとで丸くなり、目を閉じたまま眠っていた。

第二部

5

僕の足もとで満足げに丸くなり、スペルティーナは目を閉ざした。炎のそばを通らないですむように、草の生い茂った真っ暗な小道や、棘だらけのエニシダに囲まれた菜園を横切って、教会の裏から正面の庭にやってきたところだった。

父さんは荒っぽくスペルティーナの鼻を撫でた。「スペルティネ、お前もちゃんと炎を楽しめ。炎はお前の魂を喜ばせてくれるんだぞ」

父さんは少しのあいだ、愉しそうに指でスペルティーナの毛を梳いてやっていた。スペルティーナは目を閉じたまま、幸せそうな気怠い鼻息でもって愛撫に答える。父さんが僕の片腕を右手でつかみ、ものすごい力で握りしめてきた。僕がそこから逃げ出して、父さんを一人にするのではないかと恐れているみたいに。

僕たちは一言も口をきかずに、お互いを見つめ合った。父さんの瞳のなかで、炎がゆらゆらと揺れている。僕はふと、くたびれたような気配を見てとった。たぶん、夕食の席でたっぷり飲んだワインや、さっきから飲みつづけているビールのせいだろう。父さんが優しい声で言った。

「ブオン・ナターレ、ビル」［「ブオン・ナターレ」は「メリー・クリスマス」を意味するイタリア語。「ビル」は息子を意味するアルバレシュ語］そう言ってから、父さんは僕の額にキスをした「今夜は忘れられない夜になるぞ。見てろ」

そしてまた、炎を熱心に見つめはじめた。新しい煙草に火をつけ、父さんは言った「家族のほかに、向こうで俺に欠けていたものがもうひとつある。炎や人波から音を立てて流れてくる、この熱だ。お前が今、外からも内からも感じている、俺たちの人生を暖める熱だよ」

「今夜はやけに湿っぽいな。どうした、トゥッリオ、なにかあったか?」友人たちが父さんに問いかけた。みんなはそのあいだも飲みつづけている。ビールを切らすなり、彼らのうちの一人がすぐにバール・ヴィオラに走っていき、またひとつケースを運んできた。

父さんは友人の冷やかしを相手にせず、前置きもなしにふたたび語りはじめた。なによりもまず、到着したときの凍えるような寒さ。北フランスでの鉱山労働の契約。給金は一ヶ月で九万リラだった。九万リラ!　そんな大金をせしめるには、僕らの土地の工場では三ヶ月は働かなけりゃならなかった。お前ならどうする?　お前が発つか?　俺が引き金を引くか?

「発つよ、もちろん」今回は、僕は父さんに答えを返した。

父さんは驚いたように僕を見つめた。きっと満足している。ようやく僕から視線をそらした父さんは、炎のなかに物語の糸を探りはじめた。

そうだよな、と、父さんはつづけた。国外移住の申請を出したのは二十五人だった。みんな、俺と同じように若かった。何人かは新婚だったり、婚約者がいたりした。村じゅうで、いちばん活きの良かった連中さ。俺はもう、お前の母さんと婚約していた。ただし、これは家の外の婚約だ。家の中で正式な婚約を交わすためには、もう少し金を貯める必要があった。正直言って、俺はフランチェスカにぞっこんだった。フランチェスカは十六歳で、あいつの胸はじつに見事だった。俺たちは小学校のころからお互いを好き合っていた。出発の日、あいつは古い恋の唄の歌詞を引いて、俺に別れの挨拶をした「あなたはわたしの心へと、固い結び目でつながれている。それは決してほどけない、たとえあなたが旅立とうとも」

話を端折って、ドゥエに到着したところから始めようか。俺たちはそこで、ルフォレ行きの小型バスに乗った。ルフォレには俺たちのような労働者のために、たくさんのバラックが用意してあった。俺のバラックは十二号棟だった。五人の同郷とひとつ屋根の下の生活だ。入り口の隅に石炭のストーブがあって、その横の奥まったスペースが台所だった。折り畳み式の簡易ベッドが置かれた部屋は、鼻や指どころじゃない、心まで凍りつかせるような寒さだった。もちろん氷柱《つらら》も垂れていた。ここらでも、厳しい冬には瓦からぶら下がってるようなやつだよ。

ある晩のこと、俺はストーブのなかにレンガを置いて、美しく真っ赤に焼いたんだ。そしてレンガを新聞紙で包むと、簡易ベッドのシーツの下に押しこんだ。俺はキッチンに戻って皿を洗い、一五分くらいしてから寝床に向かった。するとな、ビル、部屋はすっかり煙だらけだった。ちょうど今、お前の眼のまえで燃えている、ナターレの炎から巻き上がってくるような煙だった。だけどここなら、俺たちの上には、大きく開かれた空があるもんな。レンガの熱は新聞紙を燃やし、マットレスにシーツ、さらには毛布にまで、レンガとすっかり同じ形の穴をこしらえていた。さいわい、まだ上掛けには穴があいていなかった。ぎりぎりで間に合ったんだよ、ビル。さもなきゃレンガは空気に触れて火を吹き出し、ほんの数分のうちにバラックもろとも、この世からお別れするところだった。

凍りつくような寒さなんだ、要するに。北国じゃ毎晩きまって、指二本ぐらいはありそうな大粒の雪が降ってきて、夜中にそれが凍りつく。あれは一月の末だった。温度計は氷点下一〇度とか一二度とかを指してたな。朝になると鉱山に行くために、バラックから二〇〇メートルくらい離れた場所でバスに乗る。下着、リネンのシャツ、コーデュロイのズボンとウールのプルオーバーに俺たちは身を包んでいた。これはみんな、故郷の実家で仕立ててきた服なんだ。そしてその上に、たいして厚手でもないジャケットをひっかける。いくら俺たちが若かったとはいえ、寒さは腹を空かせたアリの軍隊よろしく、肉の内側に食いこんできたよ。バスを待っている俺たちは、羊と少しも変わらなかった。群れの真ん中に分け入って少しでも暖まろうと、互いに押し合いへし合いしてんのさ。

俺たちはすぐに働きはじめたわけじゃない。まずはドゥエで、またもや健康診断を受けさせられた。カタンツァーロとミラノの移民局での健康診断に引きつづき、これで三度目だ。俺たちは体のあらゆる箇所の寸法を測られた。心臓や目を診られたうえに、歯も調べられた。まるで馬にでもなったような気分だったな。しまいには、金玉や尻の穴まで検査されたんだ。すみからすみまで、なにもかもだよ。俺が医者にアレルギーを持つようになったのは、このときからさ。俺は医者を見ると体のあちこちを掻きむしりたくなる。そのうち、木苺みたいに真っ赤なじんましんが噴き出すんだ。とはいえ、連中は俺の同郷を十二人も不合格にしたんだから、俺は正直、これは不幸中の幸いだぞと思ったもんだ。俺は健康だった。それが俺には慰めとなったんだ。

　最後の健康診断を終えると、鉱夫の仕事を教わるために、俺たちは鉱山の模擬施設に連れていかれた。梁を渡した屋根の支え方、器具の名前、危険の徴候、グリスとかいう致死性のガスが生じる仕組みについて俺たちは教わった。このガスは良い匂いなんだ。ここらで採れる、甘い汁をたっぷり含んだポルトガッロによく似ている［「ポルトガッロ」はオレンジを意味するカラブリア方言。「ポルトガルからやってきた果物」の意］。ネズミどもはかなり遠くからでもこの匂いを嗅ぎ分けて、澄んだ空気の方に逃げていく。生きて帰りたいのなら、鉱夫は誰でも、自分の面倒は自分で見るのがあそこの決まりだ。下では、お前は、誰のことも当てにはできない。お前自身と、よく鼻の利くネズミどもを除けばな。

　俺はある日、イタリア人の教官にこう尋ねた「ちょっといいですか。俺たちが吸い込むガスやら埃やらはぜんぶ、俺たちの肺に害を与えないんですかね？」すると教官は即答した「目に見える埃にはなんの害もない。目に見えない埃こそが、取り返しのつかない害を与えるんだ……」不安になった俺たちが囁き合う声を聞いて、教官はすぐに、正直に話したことを後悔した。俺たちを宥めようと必死だったが、あとの祭りだ。しまいには、このことは誰にも言わないでくれと、俺たちに頼みこんでくる始末だった。さもなきゃ解雇される恐れだってあったからな。

十一日後、額にライトのついたヘルメットが俺たちに手渡された。ライトのバッテリーは自分で背負わなけりゃならなかった。ほかには圧縮機、スコップ、マスクなんかが支給された。俺たちはエレベーターにぶち込まれ、鉱山のなかに降りていった。地下四〇〇メートルだ。いやぁ、お前には信じられないだろうな。そこはまるで、ローマのテルミニ駅みたいだったんだ。数えきれないほどの灯りが、昼間の太陽のように内部をすみからすみまで照らしていた。何本もレールが敷かれ、そのすべての上を、石炭を満載にしたトロッコが滑走している。トロッコはひとりでにエレベーターに乗りこんで、地上へと登っていくんだ。地下にいるからといって、少しも怖いとは思わなかった。頭の上に四〇〇メートルもの土があるとは、お前だってとても想像できなかったはずさ。

はじめのうち、出来高払いの仕事は俺を大いにやる気にさせた。俺は一日あたり七、八立方メートルの石炭を掘りだして、石炭を別の坑道へ運ぶベルトコンベアに積みあげた。俺みたいな新人にしては、これは悪くない数字だよ。俺は自分の手際にすっかり満足していた。ところが、ある朝のことだった。ちょうど俺が前日に働いていた場所で、壁がすっかり崩落してたんだ。その下では、夜勤の鉱夫が生き埋めになっていた。

俺のなかに恐怖が芽生えた。ビル、それを白状することを、恥ずかしいなんて思わないぞ。恐れが俺の呼吸を奪った。まるで、窒息することが恐ろしくてエレベーターに乗れなくなった手合いみたいにな。俺は気が触れたようだった「上に戻せ！」俺は叫んだよ「すぐに俺を上に戻せ！」すると監督官たちは、危険はない、下敷きになった鉱夫は不注意だった、彼は木材の支柱に圧縮機で衝撃を与えた、そのせいで楔《くさび》の山が彼の上に降りかかってきたんだと、俺を説き伏せようとした。監督官たちはこうも言った。救助隊はものの一分で鉱夫を救い出した、彼は今、いくらか憔悴しているが、ともかくも生きてはいるし、自分の軽率さを悔やんでいる。

道理を聞き分けるつもりはなかった。俺は上に戻りたい、それだけだ。何年も前からそこで働いていたシチリア人が、虚仮にするような口調で俺に言った「暴れても無駄だ。俺らの骨折りが終わるまで待つんだな。そうすりゃ上に戻ったとき、ケツに蹴りを入れられて、イタリアに送り返してもらえるだろうよ」

支柱の切れ端をつかんで俺は答えた「イタリアに追い返されても、俺は構やしないんだよ。むしろ嬉しいくらいだね。ただし地下に残るのは、もうごめんだ。もし上がれないなら、まずはてめぇのおつむを柘榴みたいに真っ二つにしてやるぞ」

そんなわけで、それ以上は説得されることもなく、俺は上に戻され、シェフの部屋まで連れていかれた［「シェフ」は責任者を意味するフランス語］。もうひとり、俺の同郷もいっしょだった。
シェフはずいぶんと小柄な、猫背の男だった。小さな目だが、眼光は鋭くてな。じつに賢そうだった。親切にしてくれたよ。仕事だからやむをえず、という感じでもなかったんだ。俺たちは煙草とコーヒーを振る舞われた。俺たちよりもあの男の方が、よほどイタリア語が上手だった。シェフは俺たちに、イタリアではなんの仕事をしていたのかと訊いてきた。だから俺たちは胸を張って、「農夫です」と答えてやった。するとシェフは、なるほど、すっかり分かりましたと、そう言ったんだ。「当然です。これまでずっと野外で仕事をされていたのですから、それは恐ろしいですよね」そして、何日かしてからまた鉱山に戻ってみろと、俺たちに提案した「ひとつ、試してみてください」シェフは言ったよ「他の鉱夫が働いている様子を、見学するだけでいいのです。それほど危険な仕事ではないと、あなたたちは確信されるでしょう。そのあいだも給金は支払います。その後で、留まるか、仕事を辞めるか、選んでいただければけっこうです」

だから俺たちは、木材で組んだ屋根には鼻先だって近づけないよう用心しながら、また下に降りていった。坑道の安全な場所に腰かけ、お喋りをして過ごしたんだ。分かってる。連中は俺たちを追い出したがってた。フランス人だけじゃない、イタリア人もさ。俺たちをひどく憎んでるやつもいた。だけど俺たちに面と向かって、なにか言うことはできないんだ。シェフがみんなに、そう命令してるんだからな。ある日のこと、監督官がこんなふうに言って怒りをぶちまけてきた「ラマス・デュ・カルボン・プル・ラ・フランス！〔フランス語。「フランスのために石炭を集めろ！」の意〕」俺はこいつに、俺たちの言葉で答えてやった「ニエト・パラ・ディト、スィ・ショフ・ソルドゥト、ティ・カラス・テ・ビサ・フィニヒトゥ・パル・フロンチャン」するとこの男、電気ショックにかけられた牛のように目をぱちくりさせてやがるからな、同じことをイタリア語で繰り返してやったんだ「何日かして金をもらったら、すぐにでもてめぇのケツに石炭を突っ込んでやるよ、フランスのためにな！」

二日後、一九〇〇フランを受け取った俺たちは、すぐにシェフのもとを訪ねた。

「試してみましたが、うまくいきませんでした」俺はシェフに言った「俺たちは、開かれた空の下で死にたいと思います。モグラのように、地面の下で死ぬのはごめんです」

ほんの一瞬、シェフは顔を曇らせた。それから、挨拶もなしに俺たちをバラックへ送り返して、荷物をまとめさせた。

俺たちにはもう一人、ホラの同郷が仲間に加わっていた。車に乗せられたとき、俺たち三人はてっきり、列車の駅まで連れていってもらえるものと思っていた。

ところが、俺たちが運ばれたのは街中だった。俺たちは身分証明書と移民のためのビュロの住所を手渡され、こんなことを言われた「あとは自分たちでなんとかしろ」〔「ビュロ」は役所を意味するフランス語〕

同郷の二人はホラに帰ることに決めた。しかし俺は、手ぶらで家に戻る気はさらさらなかった。そういうわけで、俺は一人でパリに残った。途方もなくでかい街だ、ビル。もし俺たちの村の人間が、パリを散策したり、エッフェル塔から街の様子を眺めたりしたら、自分の足もとがぐらりと揺れて、まるでどこかの娘に恋したときみたいに目が回っちまうだろうさ。パリは美しいよ、本当に。なにもかもこんがらがって、生で充満してる。常春の森さ。俺としちゃ、無駄遣いする時間がたっぷりある観光客と同じように、あの街をいつまでも堪能したい気分だった。セーヌ川沿いをぶらついて、露店をひやかし、人波に揉まれるんだ。だけど俺は観光客じゃなかった。これまでいちどだって、観光客だったことはない。これから先もきっと、観光客になることはない。俺は移民のためのビュロを探した。俺はフランス語を話せなかった。それでも、メモに書いてある住所と、いくつかのデタラメな言葉で、あちこちを尋ねてまわった。

俺がエリーザの母さんに知り合ったのは、このときだよ。

驚きと不安の色が浮かんだ僕の表情を見てとると、父さんは言った「これからお前にぜんぶ話す。今のお前ならもう、理解できるはずだ。小便に行ってくるから、ちょっと待ってろ」そう言って、公衆便所のあるクリキの方へ、父さんは姿を消した。

話のつづきを、想像しようとは思わなかった。僕はおとなしく父さんを待っていた。

父さんはなかなか戻ってこなかった。自分の記憶を炎のなかで燃やし、これから語られるはずの父さんの記憶を辛抱強く待ちながら、僕はスペルティーナの肌を撫で、父さんがいなくなってからの時間を数えていた。

6

すると記憶は、父さんの姿がないままに枝葉を伸ばした。

一年が過ぎた。柑橘がまた、僕の頭をぼんやりとさせていたけれど、パスクァの時期になっても父さんは帰ってこなかった。

五月にはもうほろ酔い気分がはじまり、六月になるとすっかり酔っ払ってしまった。押し寄せる波のごとくに、熱気が峡谷からせり上がってくるさまを、僕はじっと見つめていた。そんな中、アリ、タマコロガシ、緑のコオロギ、花の咲いたオレガノ、カーネーション、野バラ、燕、駒鳥《こまどり》、さらにはチッコットの小さな丘に、彼方の空や海までが、まるでピントの外れた虫眼鏡で眺めでもしたかのように大きくなり、輪郭のはっきりしない姿で僕の瞳に映し出された。頭がくらくらした。夏が爆発していた。父さんは、皮膚の下の消えることのない痛みだった。時おり僕の脳みそをちくりと刺す、目に見えない棘だった。

僕が家で昼を過ごすことはいちどもなかった。朝方、パンとサルチッチャをそれぞれ二かけ、自分とスペルティーナのために持って出かけた。腕や腿を擦り傷だらけにして、全身汗まみれになりながら、夕食の時刻に家に戻った。

母さんは、僕が出かけたときと同じ場所、つまりは台所にいる。お祖母ちゃんといっしょのこともある。二人は忙しそうに、イワシを漬けたり、熟れかけの無花果でジャムを作ったりしていた。

「ほら、パンの切れ端に塗って味見してみなさい。オイ、チャシュト・タ・ミル」こう言って、まるでピッコラのようなちびを相手にするときみたいに、僕の口にジャムを押しこむ。僕が一日、外でなにをしていたのか、母さんやお祖母ちゃんはちっとも訊いてこない。二人にはよく分かっている。だから心配していない。週末にホラに帰ってきて、夕食の席で僕と顔を合わせるエリーザも、母さんやお祖母ちゃんと同じように落ちついていた。

僕は「崖っ子」と呼ばれる類の少年だった。ホラの周りの谷間を、自分のズボンのポケットのように良く知っている子供のことだ。僕は九歳にしては背が高かった。丈夫で日に焼けた僕の足は、朝から晩まで空の下で走り回ってもへっちゃらだった。僕はしょっちゅう、僕より年上の、僕よりもっと谷間について知っている仲間たちといっしょに出かけた。僕が仲間に入れてもらえたのは、ひとつには、グループのリーダー格であるマリオが僕の従兄だったからで、もうひとつの理由は、もしものときに狼から僕たちを守ってくれる勇敢な犬を引き連れているからだった。本当のことを言うなら、狼がシーラ山から降りてきたのは、僕らのお祖父ちゃんが子どもだったころ、それも、冬場に腹を空かせたときだけだった。誰ひとり、夏に狼がうろついているところを見たものはいない。でも、もし狼が考えや習慣を変えたとしても、襲われたときの備えは万全だった。僕たちにはスペルティーナがいる。母さんたちと同じように、僕らも安心していられるんだ。

耐えがたいほどに暑いある日の午後、僕たちは村に残り、小道のところどころに伸びている日陰のなかで、僕の革のボールを使って遊ぶことにした。普段の僕は、勝利のためにがむしゃらになって闘い、勝つことが叶わないと悟った場合は、僕の流儀で試合に幕を引いた。つまり、ボールを取り上げ、そのまま家に逃げ帰ってしまうのだ。

友だちの言うとおり、僕は負け方を知らない少年、自分に都合良く次から次へと言い訳を吠え立てる負け犬だった。「つづきは明日ね」仲間から追いかけられているあいだ、僕はこう叫んだ。すがるような、怒ったようなみんなの声が、僕の背後から響いてきた。最初のうちこそ、とまってくれと頼みこんでいるけれど、しばらくすると、僕を罵る声が雨あられと降ってくる「ミンツォニャーロ［嘘つき］、スカルデッルーゾ［負け犬］、トラディトゥーロ［裏切り者］、カカテッロ［うんこ漏らし］、チョート［間抜け］、スカファッツァート［汚いやつ］、コルヌタッツォ［寝取られ亭主］、ガリウーロ［ごろつき］、ピシャトゥーロ［小便漏らし］……」すると僕は、全速力で風を切りながら、みんなを挑発してみせる「捕まえられるもんなら捕まえてみろ、ヴェルミトゥーリ！［カタツムリ］」

だけどあの日の午後は、僕は暑さのせいでひどく疲れていたし、日中の残りの時間を友だちに避けられて過ごすのはごめんだった。僕が負け犬になってきゃんきゃん喚くと、みんなはずっと、まるで僕がそこにいないかのように振る舞ってみせる。それは僕にとって、なによりも恐ろしい罰だった。

　じきに僕たちは汗だくになり、ボールを追いかけるのにも飽き飽きしてきた。今、小道には影が差しているけれど、空気は相変わらず重く、息もできないほどで、ご近所一帯のパンを賄うインノチェンツァさんのオーブンのなかにいるみたいな気分だった。するとマリオが言った
「ボスコ・デル・カナーレに、水浴びに行くか」

　誰もマリオに返事をしない。けれど僕らは一斉に、常盤樫《ときわがし》の林へ駆け出した。枝木に茂る巨大な葉が、はるか頭上で絡まり合い、緑色の涼しいドームを形づくっていた。林のなかで僕らのプールが待ち構えている。それは「チェピア」と呼ばれる、石で造られた水槽だった。縦はストローク三回分、横は二回分より狭いくらいで、野菜を植えた窪地に流すための地下からの湧水が、そこに溜められていた。

　最初に服を脱いで水槽に飛びこんだのはニコリーノだった。茶色い水のしぶきが、僕たちの全身を濡らす。ニコリーノの叫び声を耳にして、僕らはすぐさま、当てが外れたことを知った。

「くっそ、ロバの小便だ、熱いし臭ぇし！」

　ともあれ、僕たちは水槽の目の前まで来たのだから、水浴びは全員にとっての義務だった。

　その水はまさしく、悪臭を放つスープだった。茶色いのはいつものことだ。というのも、澄んだ湧水がチェピアの泥と混ぜられるから。ところが、こんな小便のような臭いは、誰にとっても初体験だった。おまけにこの日は、それだけじゃまだ足りないとでも言うかのように、菜

園の持ち主が下から姿を現した。

僕たちはこの人をよく知っていた。村にいるときは、とても立派で、感じが良くて、冗談好きの人物だった。ところがここ、ボスコ・デル・カナーレでは、主《あるじ》は恐ろしい脅迫者となり、僕らを恐怖で震え上がらせた。「おい、娼婦の息子ども。まだチェピアを塞ぎつづける気なら、股のあいだにぶら下がってる小魚を切り取って、猫どもにくれてやるぞ。俺の畑にはここの水が必要なんだ。お前らのせいですっかり干からびちまってる。水浴びは海でやれ！」

それは僕たち子供と菜園の主のあいだの、終わることのない戦いだった。僕らは石やぼろきれや葉っぱや土で、チェピアの外に水を送り出すための穴をふさぐ。主はいつも、つるはしを一振りするだけで、ふさがれた穴を開けてしまう。僕らが泳いでいる現場を押さえようものなら、僕らの服を一枚残らず取りあげる。何時間もの交渉を経たあとでなければ、主は服を返してくれない（僕たちはそのあいだ素っ裸で、向こうは畑仕事をしているのだ）。服を返してもらうには、もう二度とボスコ・デル・カナーレに近づきませんと誓いを立てなければならなかった。

この日はまんまと水から飛び出すことに成功した。シダに引っかけておいた服をつかみ、自分たちの大切な小魚を手で守りつつ、ぬらついたカエルのように僕らは逃げた。

危険が去ってから僕たちは服を着た。汗と泥水にまみれた僕たちは、長い坂道を駆け抜けてきたすえに、アスファルトの路上で待ち構えていた熱気にぶち当たり、すっかり打ちのめされてしまった。僕らにとってはとどめの一撃だった。身を潜めてから突然に襲いかかる、山賊のごとき熱気だった。

広場の横のクリキに僕たちは陣を張った。打ち萎れてはいるけれど、まだ生きている。そこは村でいちばん風通しの良い場所だった。けれどこの時刻、風は峡谷のあいだで休息をとっていた。時おりこちらへ昇ってくるのは、炎が巻き起こす熱で膨れ上がったような風ばかりだった。

ボールを取りにいってくれと、マリオが僕に頼んできた。「ヴェテ・エ・ヴィニ・スィ・エラ」僕はマリオに返事をした。そして、本当に風のようにして、家に行ってクリキまで戻ってきた。足もとには革のボールがある。スペルティーナも含め、路地のあらゆる鶏や犬をかわしてきたのだ。

日暮れ時の海から贈られてくるそよ風を、しばらくのあいだ待っていた。次第に僕らは暑さを忘れ、試合をする力が湧き上がってきた。パラッコ地区とコナ地区の対決だ。夢中になってボールを追いかけていた僕たちは、クリキの近くにチンクエ・チェント［フィアット社の乗用車］が停車したとき、ぴたりと試合をとめた。タイトなTシャツと、僕たちのよりもっと短い白いズボンを履いたエリーザが、車から降りてきた。

海からの帰りだった。一週間前に大学の夏休みが始まり、エリーザは車を持っている女友だちといっしょに、毎日マリーナかトレディチの浜辺に出かけていた。腹立たしいことに、すがりついたり拗ねたりしても、エリーザはいちども僕を海に連れていってくれなかった。

「面倒はごめんなの」エリーザは言った「まとわりつかれたらたまんないわ。一年間、ずっと本に埋もれて過ごしたのよ。ちょっとくらいのんびりさせて。わたしだって、気兼ねなく太陽を浴びたいんだから」

エリーザは遠くから僕に挨拶を送り、お祖母ちゃんの家の方角へ坂をのぼっていった。そのあいだ、仲間たちは僕に気を遣おうともせずに、汚らしい言葉をよだれのように垂れ流していた。エリーザにまつわる、どうしようもなく下品な言葉だった。けれど僕が癇癪を起こしたのは、ジョヴァンニがすっかり感心したような様子で、こんな言葉を口にした時だった「旨そうな女だよなぁ！　あれは別の生き物だろ。マルコにはこれっぽっちも似てねぇや」

前触れもなしに、僕はあいつの腹に膝蹴りを喰らわせた。驚いたジョヴァンニが痛みでうずくまった。僕はあいつの首根っこをぐいとつかみ、何度も強く引っぱたいたり、まるでスペルティーナになったみたいに首に噛みついたりした。

「おい、まだそんなこと言う度胸あるか、おい」僕は思いきり怒鳴りつけた。

ジョヴァンニは僕より三つ年上で、僕よりずっと背が高かった。それでもジョヴァンニは僕をはねのけることができず、降参したような様子で言った「分かった、分かったから、やめろ」もし周りのみんなが僕たちを引き離さなかったら、僕はジョヴァンニをずたずたに引き裂いていただろう。

すべて終わってみると、僕の両足はがくがくと震えていた。自分でも知らぬ間に、手の甲や唇に傷を負っていた。気の毒なジョヴァンニや、壁や、アスファルトを、狂ったように叩いたからだった。分かっている。仲間たちは次の日には、僕とジョヴァンニを仲直りさせるだろう。僕たちのなかの誰か二人が、血が出るまで叩き合ったあとに、前よりもっと仲の良い友だちになるには、一日もあれば十分だから。だけどこの日の午後は、僕はまわりのみんなを死ぬほどに憎んでいた。

僕は革のボールを取り上げた。厄介な足の震えをとめるため、家までの長い道のりをでたらめに駆けていった。身を包む熱気をかき分け、まるで追いつめられた猪のように。

7

七月のはじめには、ますます暑くなっていた。ある朝、僕は流しの水道から頭に水をかけ、外に出て路地に向かった。壁にボールを投げつけても、友だちは誰も姿を見せず、スペルティーナが力なく尾を振るばかりだった。あいつは壁の脇に寝そべり、影に包まれ陽射しから逃れている。息をするのもしんどそうだ。砂利道の上に舌を出し、口からよだれを垂らしている。

煮え立つような静けさだった。すると、ふと僕の頭のなかに、涼やかに流れる水の音が響いた。

僕の心は、家からそう遠くないある場所に引き寄せられた。聖人のかがり火で燃やす小枝を集めに、一度だけ友人たちと行ったことがある。たどりつくのは簡単じゃない。そこにいたる道は家畜が通るための下り坂だし、茨や棘の生えたエニシダが幅の狭い道のあちこちを塞いでいるから。とりわけ帰りの昇り坂は一苦労だった。けれどあの場所を思っただけで、僕は暑さを忘れてしまった。「ヴァルキウーゾ」そう口にした途端、足もとを流れる冷たい水のせせらぎが聞こえた。

スペルティーナが勢いよく起き上がった。ぜんぶお見通しなんだ。まったくこいつは、そこらの人間よりずっと賢い。もちろん、速足で駆けていったりはしない。あいつにもそんな力はない。けれど僕の前を小走りに進み、僕を先導してくれる。とくに、茂みや灌木が道を占領している場所では、あいつがじつに頼りになった。

小川の真上に広がる草叢に着いたとき、クリズマの方角に、常盤樫の森や暑さにけぶる空が見えた。低く垂れこめる空が僕を押しつぶそうとする。カラスのようにかぁかぁと鳴く懸巣《かけす》の声が響いている。遠くから人間の声が聞こえるけれど、なにを言っているのかは分からない。僕は急に怖くなり、こんなところまで来たことを後悔しはじめた。

僕の足音が聞こえなくなり、スペルティーナが僕の方を振り返る。頼りになる友人のような、心を落ちつかせる眼差しだった。もしもあいつが、こんな目つきで僕と言葉を交わせるなら、あいつはきっと言うだろう「来なよ。怖がらないで。わたしがいるじゃないか。あんたは一人じゃないよ」あいつは僕に、どれほどたくさんの秘密を打ち明けてくれるだろう。親友同士にふさわしい楽しい会話を、僕らはどれだけ取り交わすことだろう。

僕は進んだ。小川はもう、すぐそこだ。泡を立てる水の音が時おり僕の耳に届いた。花ざかりの夾竹桃《きょうちくとう》の裏手を流れる川床から光がきらめき、どんより重い空を切り裂いていた。すると光は流れ星のように、常盤樫の茂みに墜ちて消えた。ありがたいことに、人間の声はもう聞こえなかった。スペルティィーナは小道の匂いを嗅ぎまわり、前に後ろに行ったり来たりして、どちらの方向に進んだものか決めかねていた。

僕は一人で進みつづけた。十メートルか、それよりも短いくらい。

葦の幕を腕で押し上げた。僕は口を開けたまま固まってしまった。進むことも逃げることもできなかった。

エリーザが、小川の水に素足を浸けて、大きな岩の上に寝そべっていた。顔を太陽に向け、目は閉ざし、髪をほどいて。プリーツの入ったスカートをはいている。とても軽そうで、ヴェールと見まごうような生地だった。ボタンの外れたシャツからは、つんと膨らんだ胸が片方だけこぼれ落ち、陽の光を浴びて白く輝いている。男の唇がエリーザの茶色い乳首を、優しくそっと撫でている。ひどく丁寧なキスだった。エリーザの胸を傷つけやしないかと、不安に怯えているみたいだった。それから男は、エリーザのまつ毛や、むき出しになった腕や、手のひらにキスをした。

　僕が立っている葦の幕から、言葉や吐息は聞こえなかった。太陽の下、それは音のないゆっくりとした遊戯にも見えた。岩に横たわるエリーザの体は、小刻みにたわむ弓だった。けれど、真昼の白い太陽に向けて放たれるはずの矢はどこにも見当たらない。そこにあるのは、男が唇で愛撫し賞讃を捧げている、鋭くとがった片方の乳房だけだった。

　突然、スペルティーナが吠えはじめ、二人は僕の方へ振り返った。ぞくりとした。

　その男は、スペルティーナの傷口を縫ってくれた旅人だった。濃い髭をそり、さっぱりと日焼けした顔をしているせいで、あの時よりも若く見える。それでも、あの男だ。白髪の混じった髪に、光を放つ空色の瞳。あの男だ、間違いない。その証拠に、男の正体を嗅ぎつけたスペルティーナは、エリカとエニシダの茂みを飛び越し、颯爽と葦をかきわけ、旅人のもとへまっすぐに駆けていった。フランスから帰ってきた父さんに祝いの気持ちを伝えるときのように、スペルティーナは男の背中に飛びついた。それから、素肌が露わになったエリーザの両足を前脚で軽く叩き、エリーザに挨拶した。そのあとでまた、あいつは旅人に飛びついた。男はよその土地の言葉でスペルティーナに言った「おい、やめろ、なにするんだ、おい」エリーザは急いで立ち上がり裸の胸をシャツにしまった。たぶん、少しだけ動揺している。

　「来いよ。こいつのよだれをとめてくれ」男が僕の方を向き、また口を開いた「来いって。でなきゃ頭に拳を喰らわせて、この犬を叩きのめすぞ」

二人は僕を見ている。何事もなかったような振りはできない。葦の幕を通り抜けると、すぐに両足が水に浸かった。

「テ、スペルティィネ、テカ。エヤ・カトゥ。こっちに来い」スペルティィーナは僕の言うことを聞かなかった。命の恩人に感謝の念を伝えたいのだ。男からスペルティィーナを引き離すには、あいつのうなじをひっつかんで無理矢理に引きずるしかなさそうだった。だから僕はそのとおりにした。小川の砂利の上を数メートル、あいつの体を引っぱっていく。

ようやくスペルティィーナは大人しくなった。相変わらず、思いがけない出会いにたいする喜びを示すため、鼻に皺を寄せ、くんくん鳴き、あいつなりの仕方で微笑みを浮かべている。けれど幸い、もう気の触れたような真似はしなかった。

困惑を孕む静寂が、不意に僕らを包みこんだ。なにを言ったらいいのか誰にも分からなかった。エリーザは僕を見ようとしない。クリズマの森の方、空の方に、視線を高く上げてじっとしている。

「村からこんなに遠い場所で、子どもがなにをしてるんだ?」男が僕に問いかけた。教師に叱られている気分だった。僕はうつむき、スペルティィーナを見つめていた。返事はしない。たぶんこれは、エリーザに向けられた質問だろうから。

「この場所は危ないんだ、分かってるか?」男はさらに言い足した。僕と目を合わせようとしている。けれど僕は、スペルティィーナから目を離さなかった。

僕は言った「犬を連れてるときと、父さんといっしょにいるときは、僕はなにも怖くないから」そしてもう一度、僕はエリーザを見た。エリーザは気を揉み、汗をかき、途方に暮れていた。

「この子の父親のこと、知ってるか?」男がエリーザに尋ねる。

「ええ。移民よ。わたしの父親と同年代なの」

この女、嘘をつくのが本当に巧いな。

「あぁ」男が頷く。

僕が誰だか、男は分かっていなかった。でも、スペルティーナを救ったときのことは、きっと覚えているはずだ。

「良い犬を持ってるな。ただ、少し元気が良すぎる」男は僕に言った。なら、スペルティーナのことも覚えてないのか。それとも、分からない振りをしてるのだろうか。そうだ、分からない振りだ。たった一年やそこらのあいだに、そんなに何もかも忘れられるもんか。

「喉、渇いてる? 何か飲みたい?」エリーザは僕に尋ね、返事も聞かずに、大きな岩の影に置いてあるクーラーボックスからビンとコップを取りだした。エリーザは水を注いだ。けれど僕は、喉がとても渇いているのに、頑として水を受けとらなかった。

エリーザと男はちょっとのあいだ、目を見合わせていた。それから、心のうちで同意したみたいに、揃って態度を変えてみせた。二人は顔に笑みを浮かべ、スペルティーナを優しく撫でた。ふざけてスペルティーナに水をかけ、僕にも川の水を飛ばしてくる。

「きれいだろ、ここは。なぁ？」男が僕に言った。男の声は僕が覚えていたものより若々しかった。それにさっきまでと違って、困惑の欠片がすっかり消え去っている。

大きな石にエリーザと並んで腰かけるよう、男が僕に促した。エリーザは、僕がほんとうによその家の子供であるかのように振る舞っている。

それから男は、ズボンのポケットに手を入れてナイフを取りだした。親指で軽く押すと、鋭い刃がぱちんと起き上がった。

告白するなら、僕はほんの数秒、恐怖に駆られた。これから僕は殺される、なぜなら二人の隠れ処を知ってしまったから。僕はそんなことを考えた。体が痺れ、身動きができなくなった。すぐ隣にエリーザの体温を感じたけれど、胸の不安は収まらなかった。

スペルティーナがクーラーボックスに近寄っていった。あいつはまたもや、早々と事情を察していた。男はクーラーボックスを開き、パンの塊と半分に切られたプローヴォラチーズを取り出した。パンとチーズを分厚く切り分け、岩に敷いたナプキンの上に置く。男は僕に言った
「うまいぞ。さぁ、食べてみろ。ぜんぶだよ。断ってもだめだからな」

「いや、遠慮しときます」僕は行儀よく答えた「ぜんぜん、お腹が空いてないから」

まずはエリーザが、じつに旨そうにパンにかぶりついた。男は父さんと同じ食べ方をした。小さく切ったプローヴォラをパンに載せ、それをナイフで口に運ぶ。頑丈そうな真っ白い歯だ

った。エリーザがチーズの皮をスペルティーナに投げてやった。あいつはすぐさまそれにかぶりついた。

そこは本当にきれいな場所だった。前にも来たことはあったけれど、僕が記憶しているよりずっときれいだった。涼しげな空の青が、森の緑に囲まれている。真ん中の大きな岩は、横になるのにも、食事をするのにも使えそうだし、ピクニックにはもってこいだ。友人たちに早くここのことを話したくて、僕はうずうずしてきた。

まるで、男に胸の裡を読み取られたようだった。プローヴォラを堪能していた男の口から、こんな言葉が流れ出てきた「秘密を守れるかい？」

僕は答えなかった。どの秘密だ？　男は口のなかのものを飲みこみ、よりはっきりした口調で繰り返した「秘密を守れるかい？」

僕は言った「なんの？」大まじめだった。なんの秘密のことを言っているのか、僕には分からなかった。

「この場所で俺たちを見たということ、誰にも言ってはいけないよ」

「お母さんやお祖母ちゃんが相手でも、だめよ」エリーザが付け足した。

「あぁ」僕は言った。

「〈あぁ〉って、なんだ？」冗談めかして男が尋ねた。どうにか僕を笑わせようとしている。

「うん。ここであなたたちを見たこと、僕は誰にも言わない」

「誓いなさい」エリーザが命令する。

「二人に、それを誓うよ」僕はすぐに返事をして、絡み合わせた人差し指と中指の、裏と表にキスをした。友だちと約束するときの仕種だった。

「きみのお父さんに、それを誓うんだ」男が言った。

僕はまだ子どもだけれど、誓いを立てる相手は聖人や死んだ家族であることくらい知っている。だから僕は答えた「父さんに誓うことはできません。父さんは死んでない。フランスにいるんだ」

「あぁ。だけど、死ぬかもしれないよな」男は突然、語気を強めた。その視線は、僕を脅しつける光に満ちているように僕には思えた。

僕は思わず、大人の男がするまじないの仕種をした。つまり、自分の股間をそっと手で押さえた。

僕は言った「お望みの相手に誓うよ。とにかく、もう家に帰らなくちゃ。でないと母さんが心配するから。母さんが僕を探しはじめると、いつも村中をひっくり返すような騒ぎになるんだ。それじゃ、さよなら」

僕はまた葦の幕を横切り、山羊のような素早さで坂をよじ登った。先を進む僕の背を、スペルティーナがしぶしぶ追いかけてきた。

あれほどの力をすべて、いったいどこから見つけてきたのか分からない。ともかく僕は、少しでも速く昇って、自分を落ちつかせようと必死だった。別に大したことじゃない。キスをしている二人を見つけた、そのうちの一人がエリーザだった。旅人には、僕を脅迫する気はなかった。彼はただ、黙っておくよう、僕に言い聞かせたかっただけだ。そうさ、二人は安心していい。僕は誰にも話さないだろう、母さんにさえ。父さんには、なんの危険もおよばない。むしろ、危ないのはエリーザだ。もし、父さんがこのことを知ったなら……なにしろ、怒った父さんはスペルティーナより凶暴になるから。怒りに駆られた父さんは、この世のありとあらゆる罵詈雑言を撒き散らし、両の瞳を二つの刃に変貌させる。鋭利なその視線で僕らをずたずたに切りきざみ、事態が深刻な場合には、相手を失神させかねない強烈な平手打ちをお見舞いしてくる。それに引きかえ、あの旅人は善人だ。僕は自分にそう言い聞かせた。もっとも、四月の旅人と同じ男だったのかどうかについては、もはや確信を持てなかったけれど。

エリーザはそれ以来、人が変わったようになった。

第三部

8

峡谷に響く銃声の轟音を、覚えてるか？　僕とスペルティーナの隣に父さんが戻ってきた。炎に向かって、父さんは話をつづける。銃を放つと、ざわついた音があちこちからせり上がってきて、いつまでもやまないように思えるだろ。俺がはじめてあいつに会ったときも、まさにそんな感じだった。いいや、それどころか、もっと激しかったな。二倍か、三倍か。もう声は聞こえなかった。ただ、俺の心から響く轟きだけが、まるで音楽みたいに、俺の鼓膜を心地よく揺らしていた。

あいつはフランスで働いていた。ガラス瓶に入れたバラを束ねようとしている最中だった。俺はあいつに、移民のビュロの住所が書かれたメモを手渡した。それを読んだあいつは、青色の、人をまごつかせるような眼差しで、こっちをじっと見つめてきた。

「マロケン？　アルジェリアン？」好奇心を抱いたのか、すぐに道を教えるかわりにそう訊いてきた。

「アルバレシュ」俺は即答した。まるで自分の奥底の秘密を、あいつに明かそうとするみたいに。余所者にこのことを伝えるのは、たいていは付き合いが長くなってからだ。あるいは、ずっと伝えないままでいることもある。誰にとっても俺は、たんなるエトランジェか、イタリア人か、南部人か、あるいはカラブリア人だった［「エトランジェ」は外国人を意味するフランス語］。

「アルバレシュ？　それ、どこの人？　ジーナ、あなた知ってる？」レジの後ろにいたもう一人の女に、あいつはイタリア語で問いかけた。

すると俺は緊張が解け、すっかり嬉しくなった。「あんたたち、イタリア人か？　俺もさ。だけど俺の地元のカラブリアの村では、アルバレシュ語っていう古いアルバニア語が話されてるんだ」

「へぇ」あいつは相槌を打った。

「分かった」ジーナという名前の仕事仲間が言った「わたしの友だちのシチリア人も、あなたたちの方言を話してるわ。その子はピアーナ・デッリ・アルバネーズィの出身よ。この村のこと、あなた知ってる？」

「あぁ」専門家気取りで俺は答えた「そこじゃ、俺たちのところと同じ言葉が話されてるよ。南イタリアのあちこちに、そういう村がいくつもあるんだ。だけどアルバレシュ語は方言じゃないぞ。れっきとしたひとつの言語だ」

花屋の娘は俺の探しているビュロまでの道筋を、分かりやすく教えてくれた。これ以上ないってほど丁寧に礼を伝えて、俺は店から出ていった。だけど本当は、残りの人生をずっとそこで過ごしたかったほどなんだ。俺は前に進むあいだ、店に戻る道を記憶することに集中していた。いいか、ビル、けっして帰り道を忘れるなよ。さもなきゃお前は、緑の深い棘だらけの森で迷子になる。背中に逃げ道がなかったら、息が詰まって動けなくなるからな。

こうして俺は目的地に到着した。そこは正真正銘のビュロ、いや、それ以上の場所だった。でかい屋敷が移民たちを迎え入れ、あっちこっちの部署に導き、あれやこれやの仕事に振り分けていた。さて、俺の順番だ。どんな仕事がしたいのかと、俺はイタリア語で尋ねられた。「屋外の仕事です」俺は答えた「建築現場とか、道路工事とか、畑とか。なんでもいいから、とにかく空気のあるところで」

「良いでしょう」連中は答えた「工事現場から求人が届いたら、あなたを呼びます」すると俺は、ほかの外国人たちといっしょに大部屋に連れていかれた。スペイン人、ポーランド人、ポルトガル人、モロッコ人、ギリシャ人。だけど特に多かったのはイタリア人だ。俺は四枚の食事券に加えて、煙草のために一日二〇〇フラン、日曜日は映画を観るためさらに余計に一〇〇フランを受け取った。要するに、汗も流さず日銭をせしめたってわけだ。まったくもって、悪くない扱いだよな。

身のまわりをいくらか片づけるなり、俺はさっそく花屋への道を引き返した。

俺は店に入って娘に挨拶をする。娘は俺を覚えていない振りをする。ところが、娘の頬は少し赤くなっている。まるでバラだ。美しくて、ビロードのようで、肉づきだって申し分ない。あいつは仕事仲間に微笑みかけた。健康そうな歯だったよ。あの唇を見たらお前だって、すぐにでもキスしたくなったはずさ。俺はあいつに花束を頼んだ。

「どの花？」娘が訊いた。

「あんたが選んでくれ。きれいな花がいいんだ。きれいならそれでいい」そこで娘は、赤いバラの花束を用意した。

「女の子のためでしょう」あいつは言った「バラならぜったいにうまくいくわ」

俺は金を払った。バラをつかみ、娘に言った「これはあんたのためだ、マドモワゼル」驚いた様子で、娘はあらためてバラの花を手にとった。あいつの横では仕事仲間が笑いを浮かべ、俺に分からないようフランス語でなにか言っていた。その友人はあいつをモレーナと呼んでいた。俺の耳には、馴染みのない名前だった。それでも俺は気に入った。それがあいつの名前だったからだ。あの娘にかんすることなら、俺は初めからなにもかも気に入っていた。

拒まれることが恐ろしくて、俺は慌てて外に出た。自分が踏み出した一歩に満足していた。

俺は十日間待ってから、セメントブロックを作る工場に雇われた。パリから近い小さな町、ヴィルヌーヴ＝ル＝ロワにある工場だった。イタリア人が一八人、モロッコ人が三人、アルジェリア人が一人。これで全員だった。俺たちは立派な屋敷に暮らしていた。たくさんの部屋と大きなキッチンがあった。俺たちは二人一組で働き、十一日ごとに雑用の当番がまわってきた。

買い物をし、全員分の食事を作り、締めのコーヒーを用意することが当番の仕事だった。金曜日になると、仲間同士で領収書を見せ合って、払うべき人間は払い、受け取るべき人間は受け取った。食事については、俺たちの意向はすっかり一致してた。まるでひとつの家族みたいだった。たぶん、ほんのいくらか、家族以上に近かった。ところが、仕事となると誰もかれもが、ほかの仲間より多くの利益を出そうと必死になった。お前は朝、周りの連中が忍び足で寝床から出ていくのを感じとる。連中はお前を起こさないように、部屋の外で身支度するのさ。仕事場に着くのが三〇分も遅れようものなら、ほかのやつらは二〇、三〇ものブロックをすでに早々と積み上げている。がむしゃらになって働いても、その日のうちに遅れを取り戻すことは難しかった。これが俺たちのあいだにある、ただひとつの競争心だった。ばかげた競争心だよ、それは認める。ロバみたいな頑固さと、先祖代々の飢えが混じり合ってた。つまり、金への飢えだ。あの頃、お前の家からは双眼鏡でも使わなきゃ姿を見ることができなかった、金だよ。

もっとも俺は、節約のためにマッチを二人で分けて使うような真似はしなかった。俺は若かったし、健康だったし、恋に落ちてた。人生は一度きりだ。それなら、頭を上げて堂々と生きなきゃな。そうと理解したあとは、俺はできるかぎり、毎日を楽しく送ることに決めた。

休みの日は、モレーナといっしょに贅沢をして過ごした。新調した服とネクタイで俺はお洒落をした。あいつの前でみっともない格好をしたくなかったんだ。土曜日は踊りにいった。そして日曜はパリの散歩だ。テラス席のあるビストロやセーヌの河岸、そしてエッフェル塔。なぁ、信じられるか？　気まぐれを起こした俺たちは、一度なんてエッフェル塔の上にある高級レストランで食事したんだぞ。あそこは素晴らしかった。食事だけじゃない。風景や人波や水平線が、俺たちを心の底まで楽しませてくれた。

　週末はあいつの家で寝た。部屋が二つあるアパルトマンに、あいつは一人で暮らしていた。モレーナは真面目で自立した娘だった。フリウリの、ウーディネに近い土地の生まれだった。俺たちの村よりも、さらに旨いプリシュットを作ってる土地さ［「プリシュット」はハムのこと。標準イタリア語では「プロシュット」と発音する］。あいつは子供のころからフランスに住んでいた。はじめのうちは両親と、長じてからは一人だけで生活していた。フランス語が上手で俺にも教えてくれた。とくに言葉の発音だ。なにしろフランス語ってやつは、綴りはイタリア語とそっくりなくせに、口から出てくるときには泡みたく、しゅわしゅわぱちぱち音を立てるからな。とにもかくにも、あいつは俺を助け、俺に自信を与えたんだ。

　モレーナが妊娠三ヶ月と分かり、俺たちは結婚した。じつを言えば、俺は妊娠を予期していたし、それはあいつも同じだった。俺たちはいつもベッドにいた。妊娠を望んでいたわけじゃないが、遅かれ早かれ起こるはずのことだった。後先の考えなんて持ち合わせていなかった。口ではびっくりしてみせても、腹の底では二人とも幸せだった。

　俺たちは家を変え、エリーザが生まれた。母親のように美人だったし、母親と同じ青色の瞳だった。たぶん、母親より少しだけ翳りがあって、少しだけ落ちつきのない瞳だった。でも、浅黒い肌や顎にある小さなくぼみは俺に似ていた。

賢く聡く成長していくエリーザといっしょに、俺たちは丸二年を幸せに過ごした。エリーザだって幸せだったさ。俺は故郷には帰らなかった。帰る必要なんてない、そう思ってた。間違いだったよ。自分で自分の道を塞いでたんだ。俺はいつまでもフランスで生きていたかった。フランスが好きだった。セメントブロックの仕事も気に入っていた。なぜって、何も考えなくてすむからな。お前はお前の生活のことだけ考えていればいい。あとは手と腕が勝手に動いて、てきぱき仕事を済ませるんだよ。なにより俺は、パリが好きだった。

だけどな、ビル、人生にはどんな落とし穴があるか分からない。だから別の抜け道を用意しておくことが大事なんだ。さもないといつの日か、お前は自分の周りをぐるぐる独楽みたいに回る羽目になる。するともう、自分がなにを求めているのかさえ分からない。途方に暮れて、呆《ほう》けちまって、その瞬間、予想もしていなかったつるはしの一撃を脳天にお見舞いされる。真っ二つになったお前は、そのまま直接あの世行きだ。

先を急ごうか。だらだら話しても仕方ない。つまり、モレーナは死んだ。急性の髄膜炎で、あっという間だった。一週間のうちにすべて終わった。俺たちの幸せな生活もろとも、あいつは埋葬された。俺とエリーザを後に残して。

俺は突然に、顎の先まで水に浸かったようになった。二歳半の娘を抱えて、外国に一人きりだ。エリーザはようやくフランス語を理解しはじめたところで、子守りがいなけりゃにっちもさっちも行かなかった。ママ、ママ、ママと言って、母親を探して家じゅうの部屋をひっきりなしにうろつくんだ。かなわんよ、まったく。

俺を救いにやってきたのは母親だった。そう、お前の未来の祖母さんだよ。ホラの外には一度だって出たことのない箱入り婆さんさ。パリに到着した祖母さんは、俺が働いているあいだ娘の面倒を見てくれた。母親と父親と祖母さんの役を、一人で引き受けてくれたんだ。だけどじきに、お前の祖母さんはこんなことを言いだした「クセヘミ・テ・ホラ・ヨネ。わたしたちの村に帰ろう。お前は若いんだ、ビル、人生をやり直さないと。エリーザはまだ三歳にもならない子供だろ。あの子には本当の家族が必要だよ」

俺はまるで年寄りのように、母親にこう答えた「娘を抱えたやもめの俺を、どこの誰が欲しがるんだよ？　それに俺は、ずっとモレーナを想ってるんだ」

俺は二十六歳だった。言葉が厄を招き寄せることのないよう、俺は用心して喋っていた。すると俺の母親は、俺が聞きたいと望んでいた言葉を口にした「ホラではみんながお前の帰りを待ってるよ。お前がどうしてるか知りたがってるんだ。友だちや、それにフランチェスカもね」

「フランチェスカ？」

「そう、フランチェスカさ。あの子はお前を忘れてないよ。疑ってるのかい？　わたしには分かってる、信用しなよ」

夏、母親はエリーザといっしょに発った。

俺はしばらくパリに残り、盛大なかがり火の焚かれる十一月に故郷に帰った。俺は実家で、俺たちと同じように話すエリーザに再会した。あいつは俺のことをろくに覚えてないようだった。明るくて、朗らかで、もう母親を探しまわることもなく、いつも祖母さんと外に出かけたがっていた。

それから数日のあいだ、俺は暦のとおりに種を蒔き、冬のためにいくらか薪の準備をした。せっかく故郷にいるんだから、ナターレの炎のために、エリカの太い根を集めてまわった。やっとのことで、俺はフランスの生活に石をかぶせたんだ。ところがパリは、誘惑する蛇のように石の隙間から滑り出てきた。パリはそう簡単には記憶から消えなかった。それにモレーナも。ずっとな。

9

僕の頭に、スズメバチが巣をこしらえていた。エリーザといっしょにいた男の言葉が、気のないような、ときに人をばかにしたような調子で、一日中ひっきりなしに響いていた「秘密を守れるかい？　……君の父さんに、誓うんだ。……あぁ、だけど、死ぬかもしれない」真夜中には、友人たちの笑い声が僕のことをからかった。路地に隠れ、手や腕で下品な仕種をしたり、エリーザの名前を叫んだりしている。僕は汗だくになって目を覚ました。おそろしく暑かった。

ある夜は、目を覚ました後、もう寝入ることができなかった。僕はエリーザの部屋に行った。シーツは柔らかなリズムを刻み、胸のあたりで規則正しく上下していた。なら、ぐっすりと眠っているんだ。そもそも、なにか悪さをしていたわけじゃない。隠れて恋人に会っていた、それだけだ。深刻なことはなにひとつ起きちゃいない。エリーザはそれをよく分かっている。それに僕は、自分の見たことを誰にも話さないと約束した。「エ・フィアラン・エ・ザ・ナ。約束はいつだって、ぜったいに守るんだ」僕はよく、父さんからこう言われた「でないとお前は、この世のあらゆる悪事が住みついてる、裏切り者の巣窟になっちまうぞ」

最後に、もしあの恋人について気に食わない点があるとすれば、それはあの男が僕の父さんとほとんど同い年くらいに見えるということだった。でも、エリーザにどうしろと？　好きになったのなら仕方ない。エリーザはたしかに、あの人のことが好きなんだ。そうでなきゃ、胸の先をあんな風に舐めさせたりするもんか。

朝、目を覚ますとエリーザは、女友だちといっしょに海に行くと言った。夕方にはより一層日に焼けて、びっくりするほどきれいになって戻ってきた。

あの男に会うために今でもヴァルキウーゾに行っているのか、僕は知りたかった。でも、二人をスパイしにあそこに戻っていく勇気はない。僕がエリーザと二人だけで会う機会はたまにしかなかった。そんなときエリーザは、白人と黒人の混血児みたくなった顔で僕に笑いかけ、父さんのことばかり話した。父さんを恋しく思っていることが傍目にも分かった。たとえ父さんの前では、無関心を装って、わが道を行く大人の女としての娘を気取っているにせよ。ヴァルキウーゾの男についてでは、ちらりと仄めかしさえしなかった。心に閉まっておくよう僕に命じた秘密には、なんの興味もないようだった。それともあれはもう一人の、僕の知らないエリーザだったのか。まるで、これ以上の忠告は必要ないと確信しているみたいだった。

いいさ。なんの問題もない。僕はできるかぎり早く、スズメバチの巣を取り除けなければならなかった。僕の頭を混乱させている、あの音。だけど事はそう単純じゃない。そしてエリーザは、僕にまったく力を貸してくれなかった。それどころか、僕はますますエリーザが分からなくなっていった。

ある日の昼食の席、エリーザは目の縁に二粒の涙を浮かべ、父さんから届いたよれよれの手紙を読んでいた。その手紙はこんな言葉で埋め尽くされていた「俺は元気だ。お前たちもそうであるよう願ってる」、「ナタ―レが待ち遠しい。離れて過ごす時間がやけに長く感じる。早くお前たちを抱きしめてやりたい」、「仕事の最中も、夜も、いつもお前たちを思っている」ところが、母さんが口を開くとエリーザの態度は一変した。家族のため、とりわけ僕たち子供のために父さんが捧げている犠牲について、母さんはくどくど話しはじめた。エリーザは同情と侮蔑のあいだで揺れるような眼差しを浮かべ、母さんを強く睨みつけた。「わたしはぜったいに結婚しない。だけどもし結婚したなら、棒で叩き殺されたとしても、自分の夫を遠くに行かせたりしないわ。夫はわたしや子どもたちといっしょにいるべきだと思うから」

僕は母さんを見た。肝をつぶしているようだった。たぶんエリーザの言葉のせいというより、その目つきのせいだろう。やがて母さんは落ち着きのない声で話しはじめた。後ろめたくて、言葉が途切れがちになっていた「なにを考えてるの？　あの人を引きとめるために、わたしがなにもしなかったと思ってるの？　わたしの言葉が信じられないなら、あなたのお父さんに聞いてみなさい。イ・シュクレティ！　いったいお父さんに、どうすることができたと思う？あなたたちの未来のために少しでもお金を貯めようとして、あの人は仕方なく発っていったのよ……あなたはもう大人なんだから、分かるはずよ」

「もちろん分かるわ。でも、もしわたしの夫が発つしかないなら、わたしたちは全員で行く。一人はここ、一人はあそこと散らばって、赤の他人のようになるのは嫌なの！」

エリーザは怒りにまかせ、テーブルの上のフォークやナイフを叩いて叫んだ。ピッコラが青ざめ泣きじゃくっている。母さんはきっぱり答えた「あなたは間違ってるわ、自分が何を言ってるのかも分かってないのよ！　腹を立てた犬のような喋り方をして、大きな声を出した人間が正しいと思ってるんでしょう。雌鶏並みに小さな脳みそを、この暑さが溶かしてしまったのね」

「偉そうに！」皮肉のこもった残酷な笑みを浮かべ、エリーザが言った。そして皿の上に視線を下ろし、何事もなかったようにまた食べはじめた。ほんの少しずつ、ゆっくりと。

さいわい、厳しい暑さは六月の末には峠を越し、ついに僕の大好きな夏がやってきた。七月から八月にかけての気持ちの良い季節が、広場から谷、海からクリキの正面にいたるまで、あちこちに見え隠れしていた。芳香を孕んだ生暖かい空気が涼しい風と混ざり合い、あたり一面に撒き散らされる。汗まみれの怠け癖は突然に鳴りを潜め、僕はスペルティーナを追ってどこまでも駆けまわった。あいつもやっぱり、終わりかけの夏に夢中だった。

僕らの「プール」で水浴びするのに打ってつけの時季だった。そこで、「崖っ子」の仲間たちといっしょに、僕はまたボスコ・デル・カナーレに通いはじめた。

ある日の朝、僕らは手をスコップ代わりに、チェピアの底からすべての泥をかきだして、水が出ていく穴を塞いだ。

昼過ぎには、チェピアはまるで本当のプールのようになっていた。緑色の水面が、常盤樫《ときわがし》の木々に茂る葉を映していた。透きとおっていて、冷たくって、僕たちが飛びこむ前なら飲むこともできるほどだった。

「泳ぎ方を教えてやるよ」僕は仲間たちに偉そうな口調で言った。プールの水を、上へ下へと何十回もかきまわす。端から端まで、毎回三度のストロークで行ったり来たりした。サイズの合わない水槽に入れられた大きな魚みたいに、頭を水面の上に出しっぱなしにして泳いでいた。

畑の主は現われなかった。水浴びを終えてすっかり満たされた気分になった僕たちは、体を乾かすために草の上に寝転がった。むき出しの股の上に両手を置き、常盤樫の林が形づくる丸天井を見つめていた。

しばらく涼んで休憩したあと、今度は広場に向かって畑を横切り、仔馬のように駆けていった。途中、トマトやメロン、キュウリにプラム、まだ熟れていない緑や黒の無花果《いちじく》をむさぼり食べた。どの畑にも、黒い実でいっぱいの桑の木が一本だけ植えられていて、蠅がそこに雲霞のごとくたかっていた。僕らは蠅といっしょになって、汁をいっぱいに含んだとびきり甘い桑の実をたらふく食べた。この日、僕は一本の巨大な桑の木を、枝から枝へ猿のように飛び移り、地面へと降りていった。僕の鼻や歯はまるで血に染まったみたいで、シャツには赤い汁が飛び散っていた。

一瞬の後、本当の血が流れた。

畑の囲いを乗り越えるとき、僕は自分のズボンを有刺鉄線に引っかけた。一本の棘が僕の腿へ鑿のように深く食いこみ、僕の体の動きに合わせ、S字形の裂け目を刻みこんだ。僕は痛みを感じた瞬間、ただ「あっ!」とだけ言った。それから、どろりとした、ほとんど黒に近い血が流れるのが目に映った。でも、仲間の前で泣くわけにはいかなかった。

マリオが戻ってきて僕の傷を調べた。

「消毒しなけりゃ」マリオが僕に言った「傷跡に小便かけてもいいか?」瞬きをする間にほかのみんなも駆け寄ってきた。消毒のためだと言って、誰もかれもが僕の腿へ小便をかけようとした。

「いや、いい。僕は便器じゃないから。自分でなんとかする」

早くどこか別のところに顔を向けてほしかった。ところがみんな、血の流れだす傷口に視線を釘づけにしていた。

「ひでぇ傷だ。お前、すぐに消毒しないとだめだ。足が黒ずんで、切り落とさなきゃいけなくなるぞ」

僕は仰天した。自分のあれを外に引き出し、ちょうど血の出ているところに小便をかけた。アルコールよりもっとしみた。

体を洗って着替えるために、僕は家へと走った。

妙なことに、扉には鍵がかかっていた。僕は強く扉を叩いた。母さんがピッコラを連れて、クロトーネまで買い物に行っていることは知っていた。だけど、家にはエリーザがいて勉強をしているはずだった。僕は大声でエリーザを呼んだ。扉をさらに四回、五回と、狂ったように激しく叩いた。

エリーザがやってきて扉を開けた。怒りで息を詰まらせていた。「なによ？　こんな時間にどうしたの？　死刑囚みたいに叫んだりしてどういうつもり？」

エリーザは髪を乱し、汗を垂らしていた。僕の体が血で汚れていることにすら、気づいていないようだった。そのとき、閉ざされたエリーザの部屋から物音が聞こえた。僕は跳ねるように駆けていき、エリーザの部屋の扉を開けた。かろうじて、窓から飛び出す影が見えた。畑の小道を進む足音が聞こえる。

「なにしてるの？　あんた、わたしのスパイ？」

桑の汁が塗りたくられた、おそらくピエロのそれのように悲喜劇的だったろう僕の顔をエリーザは見据えた。僕はなにも口にせず、表情で語りかけた。

「誰もいないわよ。それともあんた、誰か見かけた？」エリーザは言い張った。

「窓から飛び降りる猫を見たよ」僕は嘘をつき、歩み寄るようにエリーザに笑いかけた。

「近所の猫でしょうね」やや落ち着いた様子で、エリーザが言った。

それからエリーザは赤い染みに気がつき、目を剥いた。

「何があったの？」エリーザが僕に問いかけた。

「大丈夫だよ！　腿に傷ができただけで、残りは桑の汁だから」

「坐りなさい。ガーゼと消毒液を取ってくるから」

「もう消毒したよ。あとは洗って、ガーゼを貼ればいいんだ」

しばらくして母さんが帰ってきたときにはもう、僕はきれいに洗われ良い匂いをさせている赤ん坊になっていた。傷を隠すために丈の長いズボンをはき、部屋で勉強しているエリーザのじゃまをせぬよう、小さな音でテレビを見ていた。何もかも、丸くおさまった。

ただスペルティーナだけが、エリーザの部屋の窓の下で、幽霊猫の臭いの跡をくんくんと嗅ぎまわっていた。

10

学校が再開した、残念なことに。十月で、ちょくちょく雨が降った。ゆるりと落ちくる雨粒は、五月から渇きどおしだった地面にあっという間に飲みこまれていった。

エリーザはまたコゼンツァへ発った。それ以来、家に帰ってくるのは週末ごとではなく、月に一度きりになった。エリーザはいつも忙しかった。「試験は決して休戦を提案しないの」家に戻ってきたエリーザは、痩せ細り、目の下にくまをこしらえた顔で、そんなことを言っていた。

また秋の生活が始まった。同じような毎日の繰り返しで、朝はとりわけ退屈だった。

僕のクラスには男子と女子、あわせて三〇人くらいの生徒がいた。でも、あの頃の一日について思い出そうとしたところで、僕をうんざりさせていたはずの喧騒はよみがえってこない。脳裏にはただ、先生が説明をしているあいだに感じていた、退屈な思いばかりが浮かんでくる。

生まれてはじめて学校に行った日から、もうそんな調子だった。不安と好奇心を胸に教室へ入っていった僕だったけれど、三〇分後には早くも欠伸していた。先生の説明していることが、さっぱりなにも分からなかったのだ。僕は思った。このシュコーラってとこじゃ「タリア語」が話されてんのか。年寄りや、キアッツァでわけの分からないことを言って商売してる余所者の言葉だ。あとは役者だな、「ケ・ベッラ・コーザ・エ・ナ・ジュルナータ・エ・ソーレ」とか歌ってる連中。それに父さんも髭を剃るとき、この言葉で歌ってる、「ラリア・セレーナ・パラ・ジャ・ナ・フェスタ」なんてさ。フェスタかぁ。きっと父さんがフロンチァから戻ってきたときみたいな、賑やかな祭りなんだろうな〔「フェスタ」は祭りを意味するイタリア語〕。

ともかく、先生の使っている言葉は僕には馴染みがなかった。「点呼を取りますよ」テンコ？「エ・キ・ヴォ・キスタ・ッカ・エ・ミア？」僕は必死に「タリア語」を絞り出し、先生が僕の隣の席に坐らせた五年生の女子に尋ねた。

すべての一年生の横には、専属の守護天使かつ翻訳者がいた。僕の守護天使は言った「ミエストリア・カ・サナ・セ・カ・タパチュ・クアデルニン」そこで僕はノートを開いた。「カ・トゥマラチュ・ラプスィン」そこで僕は鉛筆を握った。「カシュトゥ・ムバヘト・ラプスィ」こう言って天使は鉛筆の持ち方を僕に見せてくれた。

僕は欠伸した。その女子に叱られた「テ・シュコラ・ンガ・アガレト」

「シュコーラなんか、ぜんぜん好きじゃないよ。父さんがフロンチァから戻ってきたら、もう二度とこんなとこ来たくないって言うさ。それで父さんといっしょにフロンチァに行って、僕も仕事を見つけるんだ」

「リ・ケトゥ。静かにしなさいよ」女子が僕に言った「でないと先生が怒って言うわよ。手を出しなさい、棒で叩きます、ってね」

僕は二、三ヶ月後には、読むことも書くこともできるようになっていた。エリーザが僕に教えてくれた。しばらくしてから、掛け算も。そして時がたつにつれ、僕は先生の言うことが分かるようになり、イタリア語で先生に返事をするようになった。エリーザは先生よりも説明が上手で、辛抱強く教えてくれた。僕の勉強を助けることを、父さんと約束していたから。まったくもって、僕たちは学校ではほんのわずかしか学ばなかった。僕は何年ものあいだ、エリーザから教わったことの金利でやりくりしていた。だからあの十月、僕は雨が窓ガラスに描くジグザグの線を眺め、ぼんやりと夢を見ていた。夏を夢見ていた。あるいはとりわけ、ナタ一レを。

授業と授業の合間の休み時間、先生はレース編みに取りかかり、生徒には好きなようにさせてくれた。そこで僕らは、家でするはずの宿題を済ませたり、火鉢の周りに集まって色々な物語を話したりした。

休み時間はかなり長かった。それは午前中のいちばん素晴らしい時間だった。僕のクラスには、僕より二つや三つも年上の落第生がごろごろしていた。彼らはイタリア語では正確に話せなかったけれど、僕たちの言葉で物語を話すのは驚くほど上手だった。それは尽きることのない冒険譚で、ときにはエロティックで、チャイムが鳴るまでけっして終わらなかった。

「シヘミ・テ・ラヒィ」僕たち男子は学校の玄関でこんな風に言って、広場で一時半に会う約束を取り交わした。椅子に腰を下ろしもせずに大急ぎで食べ物を口に詰めこむと、僕らはもう、僕の革のボールをみんなで追いまわしていた。

聖カタリナの祝日のために、小枝を集める季節がやってきた。近所の男子や女子はみんないっしょに、森の途切れるあたりの峡谷へ足を運んだ。小さな斧や鉈を持っている仲間もいるけれど、たいていは、力いっぱい動かす両手だけが頼りだった。

ハンニチバナ、御柳《ぎょりゅう》、エリカの根を抜き、常盤樫や楢《なら》に登って枝が折れるまで体を揺すった。何人かは、刈りこみのときにすでに農夫が切り落としていた、乾いたオリーブの枝を集めた。スペルティーナもいっしょに来ていた。カラスが低いところを飛びまわり、時おり、食べ物を求めて峡谷の底に急降下してくる。けれどスペルティーナがカラスに吠えかかり、僕たちから遠ざけてくれた。

じきに僕らは、葉の茂る小枝を太い綱でもって簡単に結び合わせた。そして、村からほど近い原っぱに、仕事の成果を引きずっていく。

午後はいつもそうやって過ごした。

祭りの前日の十一月二十四日、原っぱのあちこちは枝の束でいっぱいになっていた。いくつもの束が重なり合って、家々の屋根のいちばん低い瓦まで届きそうなくらいだった。隣近所の人たちはみな、聖カタリナのために火を灯した。

「ちょうどあと一ヶ月で、ナタ―レよ」かがり火の前で軽く息を吐き、母さんが言った。

「お父さんがくるね」嬉しそうにピッコラが言いそえる。僕もまた、常盤樫の長い枝を火にくべつつ、間近に迫った父さんの帰郷のことを考えていた。いまだ緑に色づいたままの葉が、機関銃のような音を破裂させて燃え上がっている。母さんは僕に、あまり火の近くに行かないようにと注意し、そのあいだもピッコラといっしょに、芋と栗を選り分けていた。後で真っ赤な炭の上で焼くためだった。

十二月の聖人たちを讃えるための別のかがり火とともに、それからの毎日はリズムに乗って飛ぶように過ぎていった。六日は聖ニコラ、八日に処女マリア、十三日が聖ルチア。いちばん大きな祭りを待ちながら催される、いくつもの小さな祭りだった。じきに僕らは、教会正面のナタ―レの炎のために、太い薪を集めてまわるようになる。炎のためになにも提供しようとしないケチくさい家の畑や納屋から、僕らは時おり薪をくすねた。「いいか、これは罪じゃないぞ」ためらう僕に、マリオが繰り返し言った「生まれる日の夜、赤ん坊には体を暖める炎が必要なんだ。罪なわけないだろ。俺のこと信じろって」そして僕は、マリオを信じていた。

エリーザはあの年、日曜と重なっていた無原罪の聖マリアの祭日に合わせて帰ってきた。家に着くなり、部屋に閉じこもり勉強をはじめた。部屋から出てくるのは食事の時だけだった。小鳥のように少ししか食べなかった。祭りの当日、友だちと行列に出かけることもなかった。

僕がなにより辛かったのは、祭りの前夜にエリーザが、僕たちのかがり火をちらりとも見にこなかったことだった。かがり火はエリーザの部屋の窓の前で、ぱちぱちと音を立て、誇らしげに燃えさかっていた。

11

父さんが定期バスから降りてきた途端、広場では祭りが始まった。父さんの帰郷の祭りが、ナターレの祭りといっしょになって。父さんは、みんなのための贈り物を山のように抱えていた。親戚、友だち、ご近所さん、僕、ピッコラ、そして、お祖母ちゃんに母さん。誰のことも忘れていなかった。エリーザには、とびきり最高の贈り物が用意してあった。持ち運び式のタイプライターだった。卒業論文を書くときに役に立つだろうからと、父さんは言った。黒い髭に覆われた頬にキスをして、エリーザは父さんに礼を伝えた「すぐに試してみる」エリーザはそう言って、キーボードを打つために部屋に籠もった。カチャ、カチャと、初心者らしいゆっくりとした音が、じれったそうに小刻みに聞こえてきた。

僕らの家はたくさんの人で溢れかえった。みんな、父さんに挨拶をし、僕の一家にナターレの祝いを伝えにきた人たちだった。パラッコのすべての年寄りはフランス産の煙草を一箱ずつ、すべての子供はフランスのチョコレートスティックを一本ずつ、すべての女性は少なくとも二組のナイロンストッキングを受け取った。そしてみんなが、親愛なるトゥッリオに、わが友トゥッリオに、従兄だったり、甥だったり、伯父さんだったりするトゥッリオに、百回か、もっと多いくらい、「ありがとう、ありがとう」と感謝した。

ありがとうの波に揉みくちゃにされながら、母さんはむなしくも、「心のこもった、とってもおいしいご馳走」の長いリストでもって、父さんの関心を惹きつけようとする。帰郷の晩餐に備え、母さんが父さんのために用意していたものだった。ピッコラが父さんのジャケットを引っぱっている。「ねぇ、ねぇ、お父さんの顔、上手に描いたよ」そしてお祖母ちゃんは、みんなの前で憚りもなく自分の息子を褒めたたえる「キ・ビル・アシュト・イ・ミル・スィ・ブカ、オィ。なんて気前が良いんだろうね、あたしの息子ときたら」

この喧騒の渦のなか、父さんは次から次へと煙草に火をつけ、煙の雲で自分のまわりを包みこむ。霧に似た煙が僕の目を焼く。姿を消してしまったように、父さんの姿が見分けられなくなる。

夕食の席には家族しかいなかった。うっとりした母さんの笑顔と強いワインに、父さんは再会する。テーブルには、ぴりっと辛い父さんの青春の味が並んでいる。サルデッラ、イワシの塩漬け、ピクルス、ピーマンと緑のトマトを野生のウイキョウで和えて塩漬けにした「クアルタ」という一品……まさしく、ご馳走につぐご馳走だった。こうして父さんの眼差しは、見失っていたものを取り戻す。祭りがまた、喜びとともに始まる。

ある夕方、僕はマリオにそそのかされた。僕たちはナターレの炎のため、荷車いっぱいに積んだ薪を教会の前庭に運んでいるところだった。マリオは言った「親父さん、旅行鞄ひとつ分も煙草を持ってきただろ。一箱くらい取ってきたって分かりっこないさ。火をつけるマッチは俺が持ってくる。煙草の吸い方を教えてやるよ」

僕はマリオには嫌だと言えなかった。マリオや、僕より年上のマリオの友人たちといっしょに作った常盤樫の大木の隠れ処に、入れてもらえなくなるかもしれないから。僕らは以前、大木に茂る葉を鎌や斧で取り除き、内側の枝を切り落とした。外側から見れば、それは何の変哲もない常盤樫だった。けれど内部は丸みのある部屋になっていて、木の葉と枝で作った壁と、ダンボールを重ねてしつらえた快適な床があった。

結局僕は煙草を一箱くすね、隠れ処にのぼっていった。マリオは今か今かと僕を待っていた。

「ようやく来たか！　吸うの、楽しみだなぁ」マリオは言った「で、お前はどうする？」

「僕だって」

マリオは箱を開け、僕たち二人のために一本ずつ煙草を取りだした。手を丸め、すきま風からマッチの炎を守りつつ煙草に火をつける。

僕は一息しか吸わなかった。というのも、そのとき常盤樫の枝のあいだから、とつぜん父さんが姿を現わしたから。咄嗟に僕は、火のついた煙草を背中に隠した。そして、マリオも。僕らは休憩中の兵隊のような姿勢になって、隠れ処の丸天井の方に鼻を向けていた。

「煙草を出せ」父さんが命じた。

マリオがわずかに頭を揺らし僕の目を見た。言うことを聞くなと訴えかけている。

「煙草なんて持ってません」マリオは言った。

「出せ。でなきゃお前らを木の下に蹴り落とす」

僕は一度も、父さんの目を見て嘘をつきおおせたことがなかった。火のついた煙草と箱のなかの残りを、僕は父さんに手渡した。出来るだけ罪を小さくするために僕は言った「試したのは、これがはじめてだよ」

「あぁ、そしてこれが、お前の人生で最後の一回だ」父さんは怒鳴り、僕の首筋に平手打ちを喰らわせた「もしまた煙草を吸ってるところをとっつかまえたら、この世に生まれてきたことを後悔させてやる。いいか、煙草はお前を台なしにするんだ。健康も、記憶も、歯も、なにもかも。煙草を吸いつづけたら、お前はずっと鼻たれのまんまだぞ。分かるか、分からねぇのか？　ほかの連中に頭から小便を引っかけられる、寸胴のちびすけになっちまうんだぞ」

このお説教の効果は末永くつづいた。僕は二度と煙草を吸わなかった。いまだに人から煙草を勧められると、首筋のひりひりした痛みを思い出し、僕はこう返事する「いいえ、遠慮しておきます」

僕たちの持っていた煙草の箱から、父さんは一本だけ抜き出した。煙草に火をつけ、マリオをにらみつける。

「お前の煙草をよこせ。よこさんなら、お前の首根っこにも平手を喰らわすからな」

「持ってません。俺は煙草を吸ったことはありません」そう言って、マリオはとっさに片手で首筋を守った。

「よし。俺は明日の朝までだってお前の煙草を待ってやる。お前と俺と、どっちが辛抱強いか試すとしよう」

それはまるで、途方もなく長い静寂に包まれた、ピストルのない決闘だった。二人は敵同士のように、相手の瞳に見入っている。やがてマリオが短い叫びをあげた。指を火傷させるほど、煙草が短くなっていた。

父さんは翌朝、キスと固いひげの感触で僕を起こし、なんのわだかまりもなく僕に言った
「起きろ、マルコ。スペルティーナが待ってるぞ」

こうして僕たちはクリズマの森に行った。先導役のスペルティーナが、いちばん快適な近道を選んで進む。嬉しそうに、力いっぱい尾を振っている。父さんは銃を肩にかけていた。うっそうとした藪をかき分けるため、片手には鎌を持っている。

それを最初に見つけたのは僕だった。ローリエ、銀梅花《ぎんばいか》、乳香樹《にゅうこうじゅ》が、手をつなぐように生えているあたりだった。ぴたりと身を寄せ合う木々は、輪になって踊る子供たちのようにも見え

た。その真ん中に、お目当ての木が立っていた。

「あれを刈ろう」僕は言った。

あらゆる角度からその低木をじっくり観察し、父さんはこう答えた「見る目があるな。これなら言うことなしだ」

あのとき僕が選んだナターレの木は、僕が記憶するかぎりでもいちばん見事な一本だった。それは樅《もみ》の形をした山桃の木で、たくさんの白い花の房が鈴なりに垂れ、緑や、黄色や、すでに赤くなった小さな果実がいくつもぶら下がっていた。山桃の果実は天然の飾りだった。けれどピッコラと僕は、林檎や、マンダリンや、甘いオレンジや、柘榴や、あとはとりわけたくさんのキャンディで木を飾る前に、父さんから許しを得て、とくに熟している山桃の実を何個か、つまみ食いさせてもらった。


ナターレの夜、僕は教会の正面階段に腰かけていた。正面では炎が燃えている。僕の家族の姿は見えない。まだ家で親戚たちと、終わることのないナターレの晩餐を楽しんでいるのだろう。夜の九時ごろに始まる炎の点火式を見物するため、僕は家を飛び出してきたのだった。小さいころから、僕は一年中この瞬間を心待ちにしていた。父さんは毎年、僕を教会正面の庭に連れてきた。そんなときはずっと、僕を腕に抱えるか、肩の上に乗せるかしてくれた。記憶のなかで事あるごとに燃え上がっていたあの炎に、ようやく僕はまた出会える。父さんからの手紙を読んだり、炎について語るきっかけを作文の課題に見つけたりするたびに、記憶のなかの炎が灯った。「一年でいちばん素晴らしいお祭りはナターレです。ナターレには、ナターレの炎が燃やされます。赤ん坊の生誕を祝って鐘が鳴ると、女の人たちは鐘楼に集まり、火の粉は聖アントニウスを讃える花火のようになります」そして、作文の締めくくりにはこう書いた「ナターレがいちばん素晴らしいお祭りなのは、僕の父さんがフランスから戻ってくるからです」そう、父さんは二週間も前に帰ってきて、今は僕の後ろにいる。お祖母ちゃんと腕を組み、その傍らにほかの家族がいる。僕が父さんに気づく前、父さんは僕の首筋を優しく平手で打ち、僕をどきりとさせた。

少しのあいだ、家族みんなでひとつになって、どうしようもない寒さに襲われたみたいに、お互いのことを抱きしめた。けれどすぐに、その場から何歩か後ずさった。炎の熱が、あんまり強すぎたから。

エリーザが僕の肩に両腕をまわした。背中にエリーザの胸が押しつけられた。エリーザの体から伝わってくる熱が、僕には心地よかった。けれど、望んでもいないのに、頭のなかの蜂がまた目を覚まそうとしていた。

不意に、エリーザは僕の髪にキスをした。僕にはすぐに分かった。これは感謝のキスだ。今にも響き出しそうなあの夏の耳障りな音を、このキスが鎮めてくれた。その瞬間、僕は幸せに満たされ、炎を取りまく人混みの真ん中で、大声をあげて叫びたい気分になった。僕は幸せだ。

僕には、僕を大切に思ってくれる家族がいる。父さんが、僕たちといっしょにここにいて、僕たちを守ってくれている。

やがて母さん、お祖母ちゃん、エリーザ、そしてピッコラが教会のなかに入った。僕は父さんといっしょに残り、二人で炎を眺めていた。

しばらくして、鐘の音が響きはじめた。人波が教会から押し寄せ、正面の庭はまたもや人で溢れかえった。抱擁や祝福の挨拶に、父さんは自ら進んで飲みこまれていく。もう、父さんの姿は見えない。炎の周りに父さんの姿を探しているとき、誰かが僕の肩に手を置いた。振り返ると、そこには澄んだ瞳のあの男がいた。昔の羊飼いや農夫が使っていたようなマントに身を包んでいる。炎に照らされたその顔は、まるで快傑ゾロのように、髭を伸ばし放題にしてあった。

「ブオン・ナターレ」僕は言った。唇を閉ざしたまま、男は軽い微笑みを返した。しばらく僕の肩に手を置いていたけれど、重みは感じなかった。人混みの隙間をぬって、男は炎に近づいていった。誰かに見つかることを恐れているみたいに、用心深く体を動かしている。雑踏のなかへ姿を消す前、ほんの一瞬こちらを振り返り、ひどく懐かしそうな眼差しを僕に向けた。鐘が鳴りやんだのは、そのときだった。突然、一斉に声が響いた。「ブオン・ナターレ」と、大勢の人たちが叫ぶ声だった。

第四部

12

三月の末、俺はまたフランスに発った。喉の奥を締めつけられているようだった。どうしてなのか、自分でも分からなかったけどな……炎を見つめ、片手をスペルティーナの鼻に置き、父さんは語りつづけた。俺は毎日、朝早く起きた。目を覚ましたときにはもう、喉になにか食い物が詰まってるようで、身をよじる思いだった。それからの数年間、俺は道路工事現場で一日に十二時間か十三時間、ときには十五時間も働いた。少しでも多く稼ぎ、家を買い、エリーザを大学にやり、家族の生活を前に押していくために。要するに、まともに生きていくためだ。

俺は毎年、まるまる三ヶ月の長い休暇を村で過ごした。お前も覚えてるだろ？　なにしろ北フランスじゃ、真冬は凍りつくような寒さだから、野外で働くわけにはいかないんだ。日中は野原をぶらついて時間をつぶし、ときたまスペルティーナと狩りに出かけた。夕方はピッコラやお前と「ムズィキエーレ」をして遊んだ。まったく愉快なゲームだったよ。お前は下手くそだったが、ピッコラのやつは見事な腕前だった。夕食のあとはバール・ヴィオラに出かけてビールを飲み、友人たちとカードで遊んだ。素晴らしい日々だ。しかし残念なことに、永遠にはつづかない。

そう、つづかなかった。

ある夜、俺はバラックでエラン・エ・ゼザ、黒い風の夢を見た。ところがこの風は俺ではなく、小さな男の子の跡を追いかけていた。それはお前だった、ビル。お前はチッコットの平野を、俺がフランスから持ってきた革のボールを追いかけ走っていた。

やがて黒い風は、峡谷で唸り声を上げはじめた。チッコットの斜面を上へ下へと這いずりまわり、無花果の木の柔らかな枝をへし折り、エニシダや茨の茂みをむち打ち、いつの間にか革のボールを峡谷に突き落としていた。お前も突き落とされる寸前だった。お前は絶望していた。ボールを取り戻したかったんだ。だってあれは俺からの贈り物だもんな。そして、夢じゃよくあることだが、そこはもうチッコットの峡谷ではなく、俺が若いころに働いていたフランスの鉱山だった。なんの前触れもなしに鉱山は爆発し、俺はバラックの簡易ベッドへ吹き飛ばされた。そしてようやく目が覚めた。

翌日、俺はお前の母親に最初の手紙を書いた。音沙汰なし。俺はもう一通、また一通と手紙を書いた。親愛なるフランチェスカ、なにかあったか？　親愛なるフランチェスカ、すぐに返事をくれ、返事を頼む。けれどあいつから返事はなかった。今みたいに家に電話することもできなかった。あの時代、俺たちは電話を持っていなかったからな。

ようやく俺は速達の書留を受け取った。頭にはすぐにあの夢のことが浮かんだ。手紙を寄越したのはお前の祖母さんで、大体こんなことが書いてあった「トゥッリオへ。マルコの具合が良くありません。あんまり悪い上に、良くなる見込みもないので、クロトーネの病院から別の病院に移さなければいけなかったほどです。今の病院は、ナポリのサンタンドレア・デッレ・ダーメ小児科の四号棟です。お前にたくさんのキスを送ります。いつもお前を思っている、母より」

手紙には病院の電話番号も書いてあった。

ビルよ、俺は目から涙が溢れ、ホラの年喰った婆さんみたいに悲嘆に暮れた。恥ずかしくなんかないぞ。だって俺は、お前が今にも死んじまうのかと思ったんだからな、ビル。仕事仲間たちは落ちつくように俺に言った。ところが俺の苦しみはあまりに深くて、ほかのことはなにもかもどうでもよくなった。

俺は駅まで飛んでいった。あいにくナポリに向かうには、いちばん早くても九時間後の便に乗らなけりゃならなかった。そこで俺は病院に電話をかけた。何回も試した末に、ようやく回線がつながって、俺はフランチェスカと話ができた。お前の母さんはな、かわいそうに、すっかり打ちひしがれちまって、ほんのちょっとも喋ることができなかった。お前がなんの病気にかかったのか、いったいなにが起きたのかさえ、あいつは話せなかったんだ……

僕はふと思った。どうやら父さんは、なにか言いにくいことを話そうとしているみたいだ。だって父さんは、新しい煙草に火をつけたあと、ずいぶん長いあいだ黙ったままでいるから。静寂のなか、火花がぱちぱち鳴る音だけが響いていた。燃えさかるナターレの炎のなか、いまだ火がつかずにいる薪が崩れ、何度か乾いた音を立てた。

気を奮い立たせるために、僕はビールをぐいと飲みほし、手の甲で唇を拭いて話しはじめた。沈黙に耐えられず、言葉で静寂を埋めようとする。順序もでたらめに、ぼんやりした目で、継ぎ接ぎされた映画のなかに自分の姿を探し求めるみたいに話しつづけた。

僕は母さんと列車に乗ってたんだ。どこかの駅で窓を開けたら、麦の粒が飛んできて、目に入ってさ。旅行のあいだじゅう泣いてたんだよ――お医者さんは面白い人たちだった、ナポリの言葉でたくさん冗談を言って、僕は歌のなかで暮らしてるみたいだった――僕の部屋には青白い顔をした子供がたくさんいた、それで僕はめちゃくちゃ旨い空豆のパスタを食べたんだ――がまんできずにげっぷをしたら、気分が良くなった――みんな笑ってたよ、母さんも、お医者さんも――僕は空っぽの大部屋にいた、部屋の真ん中にはおもちゃの山があって、やたらに大きなコマや、色のついたボールや、喋る人形や、ブリキの兵隊や、木製のピノッキオなんかがあった――母さんは、年をとった尼さんの針仕事の手伝いをしてた、ずっと僕の近くにいるためにね――おもちゃの山の下で、僕は一人きりで過ごしたんだ、スペルティーナも、エリーザも、ピッコラも、お祖母ちゃんも、僕の革のボールも、友だちも崖っ子たちも、それに、父さんもいなかった――二ヵ月のあいだずっと、そうやって過ごしたんだよ。

ナターレがやってくるのが、待ち遠しくて仕方なかった。

一息ついた。僕はビール瓶を口に運ぶ。もう一言も付け足さない。けれど僕の目の前では、いろいろな光景がよりはっきりと浮かんでは消え、それぞれが切れ目なく次から次へつなぎ合わされていく。そのあいだ、僕はひたすら父さんの返事を待ち、炎を見つめていた。内から外まで、もはやあらゆる薪が火に包まれ、ナターレの炎はまるで、すぐそばから眺める太陽のようだった。燃えさかる小さな蛇が炎のはらわたから吐き出され、地獄のなかにいるみたいに恐ろしかった。けれど同時に、炎は巨大な彗星のごとき暈《かさ》を背負い、神秘的な輝きも放っていた。

父さんは気持ち良さそうに煙草を吸っている。僕よりもさらに深く、炎の光に惹きつけられているらしい。そうか。父さんはここにたどりつきたくて、物語を始めたんだ。後悔の念を静かに火にくべてから、落ちついた心持ちで、のんびり煙草を吸うために。父さんは僕にすべてを語った。だから今は黙っているのだと僕は思った。

けれどそれは、間違いだった。

13

二日前に父さんはまた旅立ち、僕はバール・ヴィオラの向かいの壁に寝そべっていた。三月の終わりの暖かな夕方だった。目を閉じていたけれど、眠ってはいなかった。ひどく頭が軽くて、空気でいっぱいの風船のようだった。たぶん僕は、父さんのことを考えていた。僕はしょっちゅう、父さんのことを考えていた。とりわけ、父さんの出発がまだ、肌に刻まれたばかりの傷口でいるあいだは。

いきなり誰かが「起きろ」と叫び、壁から転げ落ちるくらいに強く僕を突いた。見上げると、従兄のマリオだった。マリオは心配そうに、僕の顔を覗きこんでいた。僕はというと、地面に一晩中寝そべっていたい気分だった。さっきまでより、もっと眠かった。マリオは僕が起きるのを助けながらも、僕をからかってきた「腰抜け。いくらなんでも驚きすぎだろ。これじゃまるで、自分の影に怯える洟垂れだ」

のちにマリオは、僕のことを驚かし、僕の体内の血液を混乱させた張本人と言われるようになる。気の毒なやつ。実際は、マリオにはなんの関係もなかったのに。マリオに一突きされる前から、あの病気はすでに僕を蝕んでいたのだ。

僕は足をふらつかせて家に帰った。パラッコの下り坂を一歩進むたび、酔っ払いのように転げていくんじゃないかという気になった。あたりはぼんやりとした光に包まれている。広場の街灯から届く、ヴェールを被せたような輝きだった。道すがら、農夫が小枝を結わくのに使うエニシダの綱につまずき、僕は地面に倒れこんだ。男性が僕を助け起こしてくれた。その人は一言も喋らなかった。ほんの短いあいだ僕の隣にたたずみ、白い目でじっと僕を見つめていた。それから男性は広場の方へ去っていった。

前にどこかで会ったような気がしたけれど、その場所も、時間も、はっきりとしなかった。それに、このときは興味すら抱かなかった。頭がまわり、足は好き勝手な方向に進んでいく。さいわい、家はもう目と鼻の先だった。

エリーザは僕の具合がひどく悪いことをすぐに見抜き、僕をベッドに連れていった。母さんが僕の面倒を見ているあいだ、エリーザは暖かい牛乳を用意してくれた。それから、風邪薬を飲むよう僕に言い含めた。

「少し熱があるわね。明日には良くなるわよ」エリーザが母さんに言った。母さんはこういうとき、災難にたいし不平をこぼすよりほか、どうしたらいいのか分からなくなるのだった。

翌日、僕の便に血が混じっていることに母さんが気づいた。こうして母さんは深刻な不安に捉われ、お祖母ちゃんと医者を呼んだ。

たいへんな高熱で、衰弱のあまり口もきけなかった。僕はすぐさまクロトーネの病院に担ぎこまれた。

見舞いに来た親戚でごった返すあの白い部屋を、僕は今でも覚えている。エリーザはほとんど毎日、ピッコラを連れてやってきた。それに、僕の一家の友人たちも。だけど父さんはいなかった。そこで交わされた言葉や、響いていたはずの物音は、もう思い出せない。その光景は、動きをとめたまま音も立てない、陰気な画家の描いた絵画のようだった。絵のなかに僕はいない。けれど僕は、遠くの片隅に目を潜ませてすべて見ていた。

ある朝のこと、目を覚ますとベッドの上に、柔らかいプラスチック製の仔犬が置いてあった。仔犬はスペルティーナに似ていた。白地で、背中に黒いぶちがあって、ひらひらと大きい耳をしている。指で押すと、犬というよりは鳥のような、なんとも言いようのない声を発した。「空色のきれいな瞳をした男性が、あなたのために持ってきてくれたのよ」看護婦がそう言っていた。男性はほんの数分、眠る僕の姿を眺めていたということだった。僕をゆっくり休ませるため、じきに帰っていったらしい。僕は人形のスペルティーナを毛布の下に入れた。あいつの熱を体に感じ、まるで気絶するようにして、ふたたび眠りに落ちていった。

僕の容態は良くなるどころか悪化しつづけ、僕はひたすらに衰弱していった。コップに一杯の牛乳のほかなにも食べるものを与えられず、その牛乳さえ、口に入れた途端に吐き出してしまう始末だった。肉の内側に刺すような痛みを感じたけれど、僕は不平も不満も漏らさなかった。父さんがやってくるのではないかと期待して、僕はじっと扉を見つめていた。プラスチックの柔らかなスペルティーナを撫でているとき、僕は心に慰めを感じた。

母さんのヒステリックな涙や、つねに喪服を身につけているお祖母ちゃんの痛ましい姿にこらえきれず、医者たちはときとして、二人を手荒に僕の部屋から追い出すことさえあった。二週間にわたってなんの意味もない注射を打ちつづけたあと、ついに医者たちはあけすけに、慈悲の欠片もなく言い放った「こちらの立派な息子さんに、棺を用意してやることですな」

絶望した母さんとお祖母ちゃんは、奇跡を起こしてくださいと医者に何千回も懇願し、聖なる赤ん坊と聖アントニオ、カルミネの聖母と聖ヴェネランダに祈りを捧げ、髪の毛を掻きむしり、懲りずになおも医者に祈願し、自分たちの頬に爪を立てた。

かくして医者たちは、二人を厄介払いするために、どぶに捨てるための蓄えがいくらかでもあるようなら、僕をナポリの病院に移しても良いかもしれないと助言した。それは考えうる最後の試みだった。いずれにせよ医者たちは、一切なんの保証もしなかった。

母さんは一分たりとも無駄にしなかった。僕の荷物をぜんぶまとめて、乱暴にかばんに詰めこみ、ウールの毛布に僕を包んで、ナポリ行きの列車に飛び乗った。

旅のあいだ、僕はかばんをかきまわしてスペルティーナを探した。あいつはどこにもいなかった。僕たちはベッドの上にあいつを忘れ、そしてもう、それきりになってしまった。

次の病院では、微笑みを浮かべた四、五人の感じの良い医者が僕を診てくれた。僕に与えられた最初の薬は空豆のパスタだった。僕は生涯、あのパスタの味を忘れないだろう。喉を詰まらせそうになりながら、僕は一瞬でそれを平らげてしまった。まるで猪狩りから戻ってきたときの、くたびれて腹を空かしているスペルティーナみたいだった。

「ゆっくりお食べ、ゆっくりお食べ」母さんはすがるように僕に言った。ようやく人心地がついた様子だった。

「あと一日クロトーネの病院にいたら、いい加減な治療のせいで病死するより前に、この子は餓死するところでしたよ」飢えた犬ころのように空豆のパスタを貪る僕を見て、ナポリの医者はそんなことを言っていた。

こうしたわけで、僕はみるみるうちに回復し、熱もすっかり収まった。けれど父さんが電話をかけてきたとき、母さんはなにも話すことができなかった。僕の体調の移り変わりさえ、母さんは説明できなかった。さいわい、一人の看護婦が母さんの握っていた受話器を奪いとり、父さんを落ちつかせ、あの奇妙な病気の名前を父さんに伝えてくれた。父さんはその病気を聞いたことがなかった。ひどく難しい名前で、覚えることもできなかった。看護婦は、おそらくなにかの薬か抗生物質にたいしてアレルギー反応が出たのだろうと父さんに説明した。もっとも母さんは、僕に薬を与えた覚えはないと言い張り、僕は僕で、薬なぞ飲んでいないと主張したけれど。ともかく僕は、すでに危険から脱していた。したがって、看護婦の言葉によれば、父さんはナポリに来る必要はなかった。

だから父さんはフランスに留まった。だけど毎日、本当に毎日毎日、父さんは病院に電話をかけ、母さんや僕と話をした「スィ・ヤ・シュコン、ディアリ・イム？　俺の坊主、元気か？　調子はどうだ？　スエマ・セ・リン・ミル。元気だと言ってくれ……」

受話器から聞こえるしわがれ声に、僕は耳をすませていた。哀しそうな声が繰り返し、元気にしているか、ちゃんと食べているかと僕に尋ねた。良い子にしてろよ、そうすれば、十二月にホラでまた会える。森で立派な山桃の木を選ぼう。ナターレの炎もいっしょに見ような。

電話を終えるたびに僕は泣きたくなった。どうしてなのかは分からなかった。枕に顔を押し当てて、眠っている振りをしながら僕は泣いた。涙に潤む僕の目を、母さんに見られたくなかったから。父さんはどういうわけで、僕のもとに駆けつけることができないのだろう？　僕はその理由を想像しようとした。だって、そんなに遠くにいるわけじゃない。電話線の向こうに父さんはいるし、しわがれた哀しそうな声が、僕の耳には聞こえていたのだから。どうして、おとぎ話のようにはいかないのだろう。すたこらと歩くうち、ふとまばたきをすると、どこでも望んだところにたどりつく。おとぎ話の時間はあっという間に過ぎていく。ところが僕の時間は、いつまでも去っていかなかった。僕はナポリの病院で、まるまる二ヵ月を過ごした。

ナターレがやってくるのが、待ち遠しくて仕方なかった。

僕と母さんがホラに戻ったのは六月の半ばで、広場はすでに夏の空気をいっぱいに孕んでいた。七月と同じように、ゆっくりと、動きのとまったような空気ではあるけれど、カーネーションや庭常《にわとこ》はより強い香りを放ち、空を行き交う声はより賑やかだった。とくに燕の姿が目立ち、あまりの数の多さに空が黒くなるほどだった。

僕と母さんは、僕らを待っていたエリーザ、ピッコラ、お祖母ちゃん、それに大勢の親戚や友人を目の当たりにした。スペルティーナは僕がバスを降りもしないうちから、僕の背中に飛びかかってきた。僕との再会を、あいつは喜んでいた。誰よりもいちばん、あいつが喜んでいた。後ろ脚でまっすぐに立ち、前脚を僕の首に巻きつけてくる。僕といっしょになって歩き、僕の顔をべろべろ舐める。パラッコの下り坂にやってくるまで、一度も僕から離れなかった。僕らはまるで、酔っ払ったバレリーナのペアのようだった。やがてあいつが、家に向かって時速百キロで駆け出すと、僕はみんなを放っておいて、あいつのうしろを追いかけた。僕の動きはのろく、体はしんどく、走っているあいだはひどく苦しかった。それでも僕は音を上げなかった。家の玄関へ伸びる小道にスペルティーナがたどりつくまで、僕は走りつづけた。

マリオが壁に腰かけて、僕を待っていた。僕に近づき、おずおずと僕を抱きしめた。二人とも、喉からなにも言葉が出てこなかった。ズボンのポケットに手を突っこみ、マリオは僕にオリーブの木で作ったコマを差し出した。コマはきれいで、重たかった。赤く塗られ、僕の名前が縦に二回刻まれている。

「俺が作ったんだ」しばらくしてから、マリオが言った「先っちょは鋼の釘だよ。ピッコッツェするとき、こいつならほかの連中のコマを一撃で吹っ飛ばすぞ」

「このコマ、すぐに試したいな」答えるあいだ、僕はまだ激しく息を切らしていた。そのとき、エリーザ、お祖母ちゃん、母さん、親戚、それに近所の人たちが僕らに追いつき、僕を家のなかに引きずっていった。台所では、みんなが僕を囲んで丸くなった。帰郷の祭りのときの父さんになったような気分だった。ただし父さんとは反対に、僕はみんなから贈り物をもらう側だったけれど。

ピッコラが、ちょっと妬ましそうに僕を見ていた。僕の代わりに、自分がみんなから注目されて、贈り物やキスや抱擁を受けたかったのだ。とくにピッコラにとって羨ましかったのは、お祖母ちゃんのこの約束だった「夏休みは海に行くからね。四週間だよ。お医者さんがお前にそう言ったんだ。わたしとお前の二人だよ。エリーザがもう、マリーナに貸し部屋を見つけてくれたからね。坊や、嬉しいかい？」

締めくくりにエリーザが、僕の年度末通信簿を旗のようにひらめかせて僕を驚かせた。「二ヵ月半も欠席したのに、五年生に進学できたのよ。すごいわ、マルコ！　だけどあんたの先生に、ずっと感謝するようにね。先生はマルコを信じて、進級を認めてくれたんだもの。これはとても大切なことよ」

僕はあの日を、そう簡単には忘れられない。生まれてはじめて、帰郷の祭りの夢見心地を味わったのだから。僕はなんだか、大人になったような気分だった。

14

バスがマリーナの広場に停まり、お祖母ちゃんと僕は波のさざめきを聞いた。けれどそこに海はなく、どこにも海の姿は見えなかった。夏休みを過ごす家は、教会と並ぶ小道を進んだ奥にあり、ここからそう遠くはないとお祖母ちゃんが言った。重たい鞄を引きずっていくのは一苦労だったけれど、じっさい僕らは数分でその家についた。

女主人が玄関の扉の前で僕たちを待っていた。背の高い、がっちりとした体格の女性だった。山と盛られた豊かな髪が、物知りたげな小さな目をほとんど隠してしまっている。「お入り、お入り」女性は繰り返した「道中、快適だったかい？　なんとまぁ、青白い坊やだこと。さぁ、お入り。なにか飲みたいものある？」

浜辺で砕ける波の音がまた聞こえた。けれど海も、砂浜さえも見えなかった。

僕はお祖母ちゃんに尋ねた「テ・ク・アシュト・デティ？」すると、女主人が割りこんできた「もぐもぐ喋るのはお止め、かわいい坊や。あたしにゃ分かんないよ」

「どこに海があるのかと聞いてるんですよ」お祖母ちゃんが笑みをこぼしながら言った。

「海？　そこさ、あの扉の向こう」玄関と反対の方角を向いて女主人が答えた。僕も同じように体の向きを変えた。廊下をすみずみまで照らし出す、四角形の光が目に映った。だけど水は、一滴もなし。

「あれが海につづく扉だよ」女主人が付け足した「海がエトナみたいに荒れ狂ってるときは、あすこから水が入って、小道につづく扉から出てくのさ。お前さんたちの部屋、見るかい?」

僕は海が見たくってじりじりしていた。最後に海を近くから見たのは、六年も前のことだった。そのときは家族といっしょで、僕はまだひどく小さかったから、水浴びしたときは素っ裸だった。今、母さんは村でエリーザといっしょにいる。そして家と、畑と、鶏と、ピッコラと、スペルティーナの面倒を見ている。父さんはフランスで道路を作っている。工事現場が閉まるのは冬だけだった。その時季の海は荒々しく、冷たくて、水浴びなんてできたもんじゃない。厩《うまや》につながれた子馬のように、僕は地団駄を踏んだ。もしお祖母ちゃんが、そのか細い腕で僕に手綱をかけなかったら、僕は海につづく扉へと一目散に駆け出していただろう。「プラ、プラ・ヴェミ・テ・デティ、ナニ・ヴェミ・エ・プラへミ」僕を落ちつかせようとしてお祖母ちゃんが繰り返した。

「今のはあたしにも分かったよ」勝ち誇ったように、女主人が言った「まずはシャワーでも浴びて、それから砂浜に行こうってんだろ。違う?」僕は頷いた。完璧な翻訳ではなかったけれど、意味としてはそういうことだ。

僕たちは部屋に上がった。お祖母ちゃんが荷物を整理する横で、女主人がお喋りをつづけている。そのあいだに、僕はバルコニーに出た。そこはカーネーションとゼラニウム、それにバジリコで溢れかえっていた。

道の先に見える砂浜には、ボートやビーチパラソルが点々と散らばっていた。さぁ、海だ。ターコイズブルーと空の青が混ざり合った細やかですばしこい波が、小さな石ころや遠くからの声の響かすさらさらという音といっしょになって、浜辺に押し寄せ砕け散っている。岩場から飛びこみをしている子供のグループが見えた。僕も飛びこみをしたくって、死ぬほど胸が苦しかった。ボスコ・デル・カナーレのチェピアでやっているように、両腕を天使の羽根のように広げ、水のなかに真っ逆さまに落ちていきたかった。あのころ僕は十歳で、自分はすでに泳げるものと確信していた。

突然、背後で咳ばらいが聞こえ、僕は跳ねるように振り返った。一人の男が、デッキチェアにゆったりと横になっている。白髪の混じった豊かな髪と、水のような青をたたえた瞳の男だった。今しがた眠りから覚めたばかりのように、少しだけ目が曇っていた。

「どいてくれ、頼むから。お前がいると海が見えないんでね」脅しかと思えるような声音で男が言った。このときは、僕にはなんのつながりも見つけられなかった。その時間はなかった。なぜなら僕はすぐさま、やや怯えながら、お祖母ちゃんのもとに走り寄っていったから。

女主人が僕を宥めた「あたしの旦那だよ、怖がらなくていいって。昼過ぎになるといつも、ここで涼をとって休むんだ。これからはもう、あんたたちのじゃまはしないよ。この人はね、いつもあちこちぶらついて、気持ちの良い季節には家にいた例《ためし》がないんだ。野原を散歩したり、小舟で釣りをしたり、イルカみたいに何時間も泳ぎつづけたり、しじゅう出歩いてばかりなんだよ」

男は謎めいた視線を僕に寄越し、お祖母ちゃんに手短かな挨拶をすませてから、階段の方へ姿を消した。スペルティィーナを救ってくれた旅人よりは若い気がするし、ヴァルキウーゾで見かけた男よりは背が低くてがっしりしているように思える。あるいは、僕がこんな印象を抱いたのは、あの夏までに僕の背が伸びていたからかもしれない。白髪混じりの髪と明るい色の瞳は、まるきり、あるいはほとんどいっしょだった。僕のあやふやな記憶のなかでも、この二つだけはしっかり脳裏に刻まれていた。

けれど外見はともかくとして、僕の子どもじみた理論にはどうにも当てはまらない、より重要な問題があった。もう結婚しているこの男が、どうしてエリーザの恋人になれるんだ？　他人の夫と関係を持つなんて、エリーザは気でも触れたのか？　僕は信じたくなかった。信じられなかった。考えられるとしたらエリーザは、よくいる間抜けな女のように、あの男に騙されているんだ。でも、エリーザが間抜けだとは、僕にはどうしても思えなかった。

考えるのはよそう。僕はもう、こんがらがった考えのなかに迷いこみたくなかった。僕は海を楽しむためにここにいるんだ。考えるのは、もうやめだ。

朝早く、僕とお祖母ちゃんは浜辺に降りた。僕の体と同じくらいの幅と長さがある深い穴を、二人いっしょに手で掘って、それから買い物に行った。

戻ってきたころには、穴のなかは早くもオーブンのようになっていた。僕はそこに横たわった。顔だけを残して、お祖母ちゃんが僕の全身に焼けつく砂を覆いかぶせる。

なにひとつ不平を言うつもりはなかった。僕たちが海に来たのは砂浴のためだということを、お祖母ちゃんが僕に思い出させた「お医者さまがお前にそう言ったんだよ。お医者さまは、いい加減なことなんか言わないんだからね。これはお前の健康のための休暇なんだよ。お前は墓場に片足を突っこんでたんだ。お前を救うためにわたしたちがナポリまで連れていったこと、忘れたわけじゃないだろうね？」

「墓のなかにいるのは今だよ、今」僕は汗まみれになった顔で叫び、射るような光から逃れようとして目を閉ざした。

お祖母ちゃんはパラソルの下で針仕事を始め、僕の退屈をまぎらすために古い物語を話してくれた。ちょくちょく、胸を衝くような声で歌ってくれることもあった。今でもあの声は僕の耳に残っている。僕は想像のなかで、その物語に登場する人たちを父さんに重ね合わせた。家族と遠く離れて生き、滅多に家には帰らない。たとえば、家を離れて九年と九ヵ月と九日後、妻が別の男と結婚してしまうその直前、ぎりぎり間に合って故郷に戻ったコスタンティニ・イ・ヴォガルのように。ときには、アルベリアとかモレアとかいう遠く離れた土地を思い、漂泊者たちは涙を流す。そこには大切な家族が埋葬されているから。「ギィタ・ンブルアル・ポシャタ・ゼ」、このうえなく美しい土地、二度と目にすることはないだろう。お祖母ちゃんは僕に、この人たちこそ僕らのご先祖さまなのだと語った。はるか昔、まさしくマリーナの浜辺に舟で渡り、それから河や峡谷を遡って、海の見える丘のうえに根を張ることを決めた人たち。「エ・ニア・マル・イ・シェフル、イ・シュプリシェト・タ・ザマラ、エ・ニア・ロタ・エ・ブクル、イ・パシュトロン・シタ……」ある朝、お祖母ちゃんは途中で歌うのをやめ、満足そうに僕を見つめた。もっともお祖母ちゃんから見えるのは、汗をかいた僕の頭だけだったけれど。ホラにやってきた最初の漂流者たちについてお祖母ちゃんは語っていた。胸に広がる秘めた郷愁、瞳を覆う美しい涙について……「お前、イワシみたいに元気になったねぇ」お祖母ちゃんは言った「砂浴と海の空気に、感謝しなくちゃいけないよ」

「砂よ、ありがとう。海よ、ありがとう」お祖母ちゃんをからかってやろうとして、僕は答えた。でも、お祖母ちゃんは正しい。僕はもう弱っていなかったし、青白く透きとおるようだった僕の肌は、また浅黒く滑らかになった。

お祖母ちゃんは僕の言うことなど相手にせず、また歌いはじめる「ク・ヴァティ・モティ・チャ・イシュ・ニア・ヘル、クル・ウ・エ・ティ、ザマル、ドゥハシム・ミル？」言葉と不思議な音色に揺られ、お祖母ちゃんの声がさざ波を立てている。それはまるで、海辺に広がる波の泡のように、むっとする暑さのなかでゆっくりと震えていた。「過ぎ去った時は、どこへ消えた／愛する人よ、わたしときみが求め合っていたあの時は？」僕にはなんのことやらさっぱり分からなかった。それでもメロディーは気に入ったから、小さな声でリフレインの部分を口ずさんでみた「オィ・ルレ・ルレ、オィ・ルレ・ルレ、オィ・ルレ・ルレ・マク・エ・マク、エ・ウ・パル・ティヒ・エ・ウ・パル・ティヒ、ヤム・エ・ダヒ・パク」

しばらくしてから、灰のなかにくべたジャガイモのようになって、僕は砂のオーブンから外に出た。ようやく自由に動けることが嬉しくて、僕は海へ転げるように駆けていった。

お祖母ちゃんが僕を追いかけ、海辺までやってきた。ぴょんと跳ね、水まであと一歩というところで僕の前に立ちはだかる。

「とまるんだよ、お願いだから！　お前は水浴びはできないんだ、お医者さまがそう言ったんだからね」

少しのあいだ、僕らは波打ち際の戦いを繰り広げた。海を制圧しようと目論む僕を、お祖母ちゃんが渇いた砂の方へ押しやった。毎日がこんな調子だった。お祖母ちゃんは年の割にはなかなかに身軽で、もし白い髪と、砂浜でも脱ごうとしない黒い喪服さえなかったら、小さな女の子が跳ねまわっているものと取り違えられたかもしれない。僕はその気になれば、お祖母ちゃんがパラソルから離れるなり、カモメの羽根で僕の鼻をくすぐってくる意地の悪い連中にいつもしているみたいに、お祖母ちゃんに足を引っかけ水のなかにすっ転ばすこともできただろう。あるいは、僕はすばしこいライトウィングだったから、ひとつ単純なフェイントでもかければ、お祖母ちゃんの脆いディフェンスなぞ簡単に突破して、海に飛びこむことだってできたはずだ。でも、僕はお祖母ちゃんに従わなくてはいけなかった。僕は母さんから、うんざりするほど繰り返しそのように言い聞かされていた。それよりなにより、フランスから届く父さんの手紙に、お祖母ちゃんの言うことを聞くようにと書いてあったから。もし父さんといっしょに夏休みに出かけられたなら、好きなだけ僕を泳がせてくれただろう。それどころか僕といっしょになって、砂浜ではレスリングを、海ではボール遊びをしてくれたかもしれない。父さんはお祖母ちゃんみたいな怖がりじゃない。そしてもちろん、母さんとはまるで違う。誰よりいちばん怖がりの母さんは、岸から五〇センチの距離に近づくことさえ、許してくれないに違いない。

海はなだらかで、しずやかだった。僕は暇つぶしに平べったい石を投げてみた。渇いた音を不満げに響かせて、石は海に沈んでいった。

15

昼食のあとは休みを取るように、お祖母ちゃんはかたくなに主張した。僕は小さなベッドの上で、目を閉じて横になっていた。高鼾が聞こえてくるなり僕は階段を降り、海へとつづく扉から外に出た。誰にも会わなかった。道や浜辺にはひとけがなく、村もまた午睡をむさぼっていた。時たま、カモメの切なそうな声が海の上で鳴り響き、僕を怯えさせた。

ある日のこと、岸に向かって歩いているとき、頭に白髪の混じったあの男にまた出会った。砂の上の日陰になった場所に腰かけ、小舟に背中をもたせかけている。お祖母ちゃんと楽しそうにお喋りする女主人の姿はよく見かけたけれど、彼に会うのはこれが二度目だった。

「ようやくだな」男が言った「お前のこと、待ってたよ」

僕はまた恐怖を感じた。そして、たぶん男はそれに気づいた。男は僕に笑いかけ、少年のようにがばと跳ね起きた。筋骨たくましい、濃い茶色の革のような肌だった。ただ頬骨のあたりにだけ、白く細い皺が走っている。

「水に浸かりたいのか?」僕に笑いかけたまま男が訊いてきた。

僕は狼狽していた。黙りこくって、ただ呆《ほう》けたように、自分のはだしの足もとや、砂や、手や、海や、空を眺める。

「お前の目、知らない場所にやってきた猫みたいにきょときょとしてるな。どうした。海、入りたくないのか?」

返事をすることも、顔を見据えることもできなかった。

男はいらだってきた。「ここ何日か、遠くからお前を見てたよ。そんな頭の鈍いやつだとは思わなかったんだがな。ここで水浴びをしたいんだろ。はいか、いいえか?」

どうにかこうにか頭を下げ、僕は頷いた。

「じゃあ、来い」命令された。

僕は男のあとについて、用心しつつ海に入り、腋の下に水が届くところまで進んだ。

リズムにのせて力強く腕を動かし、男が泳ぎはじめた。自分のうしろに僕がついてきていないと気づくと、男は戻ってきた。

「おい、お前、泳げないのか⁉」男は笑いながら言った。

「泳げるさ！ ボスコ・デル・カナーレで覚えたんだ」僕はきっぱりと答えた。

「おや、少年にも舌があったたか」男は皮肉を言った「お前が泳げるかどうか、すぐに分かるよ」

男は僕の足と首をひっつかみ、驚くほど強い力で僕を宙高くに放り投げた。どぼんという絶望的な音を響かせ、僕は水のなかに落ちた。肝をつぶす暇さえなかった。海は口を開け、逃げ道も与えずに僕を呑みこむ。背中で水底に触れた僕は、海面へとボールのように跳ね返った。

男は僕の腋をつかみ、またもや僕を水に叩きつけた。這いあがろうとする僕の頭を、水底に向かってぐいと押す。

息が苦しい。喉に塩辛い水が流れこむ。けれど男はやめようとしなかった。

「下だ」男が命令した「頭を下にして、足と手を動かせ」それから、箍《たが》が外れたように笑った。

ようやく僕はわれに返り、足と腕を動かす力を取り戻した。「いいぞ、そうだ」男は叫んだ「頭は水のなかに入れたままだ」ところが僕は、サメから追いかけられたイワシみたいに逃げ出した。男のことも、自分の勇気も、これ以上は信用できなかった。

浜辺にたどりついた。僕は砂の上に倒れこんだ。へとへとで、いまだに足が震えていた。だけど突然、喜びがこみあげてきた。

男が近くまでやってきた。「明日の同じ時間に、海につづく扉の前で待ってるぞ」真剣な顔で僕に告げる「まだ覚えることはたくさんある。今は祖母さんのところに帰れ。目を覚ましたとき、お前がいなかったら心配するからな」

僕は物音を立てずに部屋のなかに戻った。

お祖母ちゃんはまだ、ベッドの隅っこで寝ていた。枕の上にほどかれたお祖母ちゃんの巻き毛は、スペルティーナの毛より白かった。

翌日の昼からは、村とお祖母ちゃんがまどろんでいるあいだ、海につづく扉の前で僕と男は落ち合い、二人で泳ぎにいった。

休んでいるとき、僕はたまに男をそっと見つめた。男は僕の視線に勘づき、こんなことを言った「鈍くさい目つきでなに見てるんだ？　それより泳げよ」あるいは、こんなふうに言うこともあった「ぼさっとするな、泳げ」言葉は少なかったし、あまり親切とも言えなかった。だけど泳ぎの先生としては、文句のつけようがない。辛抱強く、完璧主義者で、自分に自信を持っている。

父さんやスペルティーナを覚えているか、あるいは、ヴァルキウーゾでの僕らの出会いや、そこで取り交わした秘密を覚えているか、僕は彼に訊きたかった。けれど男は無口な性格だった。それに本当のところは、自分の勘違いかもしれないという不安が、好奇心よりも強かった。まぁ、いいさ。ひょっとしたらいつの日か、彼の方から話してくれるかもしれない。今はともかく、泳ぎを覚えなければ。それで、ボスコ・デル・カナーレの仲間たちに自慢してやろう。

一週間後、僕は水面に顔を出して、つまり、男が僕をからかって言うには「犬のようにして」泳げるようになっていた。背泳ぎも覚えたし、岩から飛びこみ目を開けたまま水のなかを泳ぐことだってできた。

午前中、僕は不平も言わずに砂浴を耐え忍び、砂のオーブンから出たあとも、お祖母ちゃんとの終わらない闘争を避けていた。どちらにしたって、昼過ぎには海が僕を待っているのだ。僕は砂浜で過ごすあいだ、胸を締めつけるお祖母ちゃんの物語や、その不思議なメロディーを楽しんでいた。「セ・カトゥ・イェミ・ニア・カルヴェル・エ・フアル、セ・イェタ・エ・ブクル・アシュト・アティエ」なぜならここでは、わたしたちは借り物のパンだから、なぜなら美しい生活は、かなたにあるから。「かなた」というのは、フランスだ。僕はそう考えた。それ以外にどこがある？　お祖母ちゃんはそれがどこか言わなかった。フランスだ。そこでは、父さんが暮らしている。

ある日、僕が砂の墓場で焼かれていると、エリーザとその友だちが僕らに会いにやってきた。埋葬された僕を見て二人は笑いだした。僕の鼻を引っかいたり、汗に濡れた僕の髪を鶏のトサカの形にしたりして遊んでいる。

「なんだか楽しそうね」エリーザが僕をからかう。

「頼むよ。水浴びをさせてやれって、お祖母ちゃんに言ってよ」僕はエリーザにすがってみせた。ところがどっこい、腹の内では笑っていた。

お祖母ちゃんが先回りして口を挟んだ「たとえ神さまから命令されても、お前は海に入っちゃいけないよ！」

「悪いわね、マルコ。お祖母ちゃんが駄目って言うなら、大砲を使っても説得できないわ。わたし、お祖母ちゃんのことはよく知ってるから」

「わたしが駄目だと言ってるんじゃない、お医者さんがそう言ってるんだ」お祖母ちゃんは声を張り上げて言い返した。

「あら、怒らないでよ。わたし、水浴びしてくる」エリーザは友だちと走っていき、波のなかに飛びこんだ。

二人が戻ってきたとき、お祖母ちゃんは僕の肩からタオルで砂を拭きとっていた。

「わたしがやるわ」エリーザがお祖母ちゃんに言った。タオルを受けとり、肩だけでなく全身を丁寧に拭いていく。髪の毛に紛れこんだ小さな砂の粒まで探しだして取ってくれた。やがて、お祖母ちゃんがエリーザの友だちとお喋りをしているのを確かめてから、エリーザはそっと僕に言った「ずる賢いやつ。海に入らせてもらえないのに腹を立てて、お祖母ちゃんが休んでいるあいだに魚みたく水潜りしてるんでしょ。あんた、わたしより上手に泳げるようになったらしいわね」

否定はしなかった。できるわけないだろう？

「それ、誰から聞いたんだよ？」僕は尋ねた。

「小鳥さんよ」エリーザはそう返事した。そして、村に向けて出発する少し前、恋人みたいに右目を細めてウィンクしてきた。

「じゃあね」エリーザは言った「シヘミ・テ・ホラ、村で会いましょう」

「母さんと、スペルティーナと、ピッコラによろしく」ほとんど義務的に僕は言った。本当のところは少しも、誰一人として懐かしいとは思わなかった。僕の目の前には、頭のなかには、ただ海だけがあった。


夏休みの最後の日はひどく悲しかった。僕は気落ちしていた。

「そんな間の抜けた面するなよ。来年、また会おう。今度は釣りを教えてやる」男はそう言って、僕を水に放り投げた。

長いあいだ力任せに泳ぎ、腹から落胆を追い出そうとしたけれど、残念ながらうまくいかなかった。休憩のために仰向けに浮かんでいるとき、視線を起こして砂浜を眺めてみた。そこには、お祖母ちゃんがいた。お祖母ちゃんは海に駆けだし、靴を砂に引っかけながら、さんさんと降り注ぐ真昼の光をかき分けるようにして近づいてきた。僕の名を叫び、助けを求めている「助けて、助けて、子供が、マルコが、クリスシ・イム・イ・ベクアル、助けて！」お祖母ちゃんは僕が溺れかけていると思いこんでいた。

僕はあわてて岸に戻った。

お祖母ちゃんは息を切らし、声を震わせていた「こっちにきな、この悪党、体を拭くんだよ！　水のなかでなにしてたんだい、えぇ？　お前のせいで、心臓がとまるかと思ったよ、お前のせいでね。溺れ死ぬところだったんだよ、分かってるかい？」

現行犯でひっ捕らえられた泥棒みたいな気分だった。弁解のしようもなかった。僕はただ、こう言った「お祖母ちゃん、心配しなくていいって。見ただろ。僕、すっかり泳げるんだよ。あの人が教えてくれたんだ」そして僕は、白髪混じりの男を指さそうとして振り向いた。

砂浜には誰もいなかった。ずっと遠く、波のうえで、銀色の頭がぽつりと輝いていた。

16

海での夏休みから戻ってきた僕を見るなり、エチオピア人よりも黒くなったわねと母さんが言った。ナポリの病院でこさえた頬の膨らみや贅肉もなくなって、僕はすっかり細くなった。そして残念ながら、たくさんの人が気づいたとおり、僕はひどくわがままになっていた。自分のことを、敬われるべき小さな王子さまのように思い、すべては僕の望みどおりだと信じていた。治療の代償は高くついた。ただしその代償は、僕以外の誰かが支払わされる羽目になった。僕はもう、ボール遊びでの敗北のような、どうしようもなく些細なことさえ耐えたくなかった。だから代わりに、僕の隣にいる人たちに耐えさせることにしたのだった。

ほとんど村にいなかったエリーザを除き、僕は家の中でも、外でも、あらゆる相手と口論した。誰もが僕を大目に見て、放っておいてくれた。僕を死の間際から救うため、数えきれないほどたくさんの聖人に祈りを捧げた母さんは、あの病気以来もう二度と、残りの人生のあいだずっと、僕に平手打ちを喰らわせなかった。

お祖母ちゃんは僕の気まぐれや罵りを静かに飲みくだした。医者に診てもらうために僕をクロトーネまで連れていく道すがら、僕がお祖母ちゃんの脛を蹴り飛ばしたときでさえ、僕を叱らなかった。あとになって僕は後悔し、お祖母ちゃんに謝った。お祖母ちゃんはいつだって許してくれた。それどころか、僕を大切に思っていることを、あらためて伝えてくれた「タ・ドゥア・ミル、ザマラ・イーメ」まるで僕から、キスか愛撫でもされたかのように。

マリオは、僕の頭に浮かぶあれこれのばかげた思いつきを、なにもかもそのとおりに実行してくれた。僕はマリオに言った「あの豚小屋の扉、ぶっ壊してきてよ」するとマリオは壊しに行った。僕は言った「鶏の尾っぽの羽、むしってきてよ」しばらくすると、色とりどりの羽の束を握ってマリオは戻ってきた。ボトル半分もあるベルモットを無理やり飲ませたことさえあった。こうしたことすべてを、僕はなんの理由もなしに要求した。そしてマリオは、僕に背くような素振りをまったく見せなかった。いつも僕の隣にいる、小さなボディーガードだった。雄羊のように頭を低く下げ、ほかの子供から僕が殴られぬよう見張ってくれる。クラスの中でも、外でも、僕の暴虐にみんなが腹を立てていた。僕はとても意地の悪いあだ名を考え出したり、教科書や筆箱を隠したり、鉛筆を折ったりした。ボスコ・デル・カナーレでは、厳しい水泳教師に変貌した。「頭は下だ、下だよ!」僕は叫ぶ「それじゃ犬の泳ぎ方だ!」それから、濁った水に顔を突っこみ、海を思って力任せに泳ぎまくる。

ただピッコラだけが、僕に歯向かう勇気を持っていた。あいつはある日、乳歯だけれどじつに切れ味のある小さな歯で、僕の腕にかみついてきた。僕が痛がっているのを見ても、手加減はしなかった。

「腰ぬけ、マルコは腰ぬけだ!」ふだん僕の友人が使っている言葉を、ピッコラは口にした。

「ナターレにお父さんが帰ってきたら、マルコの悪さをぜんぶ話してやる。赤ん坊にかけて、誓うからね」

噛まれたことよりむしろこの誓いのために、荒れ狂う怒りが腹からせり上がってきた。いったい父さんに、なんの関係があるっていうんだ？「父さんに関係あるかよ？」僕は怒鳴った。足の甲でピッコラを、思いきり蹴飛ばしてやろうとした。けれどすばしこいピッコラは自分の部屋に逃げこみ、扉の背後に身を隠した。まるで、ＰＫのシュートがゴールポストに当たったときのように、耳をつんざく音を響かせて扉が揺れた。さいわい扉は、ずしりと重い木製だった。さもなきゃ、僕の蹴りは扉を突き破っていただろう。

僕は学校で、先生にも説明のつかない転落を経験していた。「去年、長く欠席をしたことは仕方がないわ」失望した様子で先生は言った「でも、いつもとっても優秀だった五年生の生徒が、三年生より読み書きが下手になって、掛け算まで忘れて、算数の問題も解けなくなるなんて。三十年の教師生活で、一度もなかったことよ」

僕は誇らしげに返事をした「あぁ、そうですか。じゃ、これで一度目ですね」

先生は辛抱強く言った「マルコ、なにがあったの？　なにが問題なの？　もし助けてあげられるようなら、言ってちょうだい」

「なんでもないです」僕は答え、窓の方に視線をやった。空が明るかった。春のような秋だった。僕は自分のことを、罠にかけられた小さな猪みたいだと思った。

その日の午後、僕はマリオと、祭りのかがり火の薪を集めに出かけた。僕は指一本動かさず、なんの手伝いもしなかった。かわりに僕は、ハンニチバナの茂るあたりや常盤樫のあいだを、スペルティーナとうろついていた。キノコを見つけると、毒キノコであろうとおかまいなしにぜんぶ集めた。僕はシャツの裾を袋代わりにしてキノコを家に持ち帰り、なにも言わずに台所のテーブルの上にぶちまけた。母さんはそれをつかみ、なにも言わずにゴミ箱に捨てた。

ただひとつだけ、良いことがあった。頭のなかにはもう、蜂の羽音が響いていなかった。エリーザはたまにしか帰ってこなかったし、家にいるときも僕を慎重に避けていた。僕たちの交わした秘密は長いあいだ、僕の頭から遠ざかっていた。僕は頭のなかに、蜂よりむしろ、鉛を抱えていた。鉛と石ころ。重たかった。怒りが破裂しそうに充満していた。また別の日、野原で試合をしていたときなど、常盤樫の斜面の向こう、茨の茂る谷間へと、僕は革のボールを蹴飛ばしてしまった。ボールはずっと遠くに飛んでいった。

「もう見つからないぞ、大したやつだよ」不満を抱いていた仲間たちが僕に叫んだ。藁の山から針を見つける方がよほど簡単だと分かっていたけれど、誰かがボールを探しにいった。

「なんであんなことした?」そう問いかけるマリオの声には、激しい怒りがこもっていた。マリオはすぐに、僕に背を向けた。僕から返事は戻ってこないと、分かっているから。

僕はひとりで家に帰った。はじめ、僕はいやに身軽だった。そうさ、あのボールはもう古かったし、ひびも入っていたもんな。自分のなかでそう呟いた。けれど、しばらくすると僕は泣きたくなった。自分になにが起きているのか分からなかったし、分かりたいとも思わなかった。自分が嫌いだった。スペルティーナと、あとはたぶん母さんとお祖母ちゃんを除けば、誰も僕を好きじゃなかった。

やがて父さんが、想像していたより数週間も早く帰ってきた。そして、ひどく不思議なことが起こった。とは言え、父さんが帰るなりすぐに起こったわけじゃない。だって僕は父さんが到着したその日、父さんを出迎えるために広場に行きさえしなかったから。

僕はスペルティーナを連れてチッコットの丘に身を寄せていた。雨に濡れた草の上に腰かけ、遠くの海を眺めていた。両足のあいだに、スペルティーナをしっかり押さえつけている。なにしろあいつは、父さんが三時ごろ、定期バスに乗って帰ってきたことに気づいていたから。放っておいたら、一目散に父さんのもとへ駆けだしていただろう。

いきなり、スペルティーナはひどく興奮し、これ以上は押さえつけられなくなった。バネのように跳ねあがり、下り坂に向かって疾走する。

立ち上がると、父さんが見えた。スペルティーナの熱烈な歓迎にじゃまされながら、僕の方へ速足で登ってくる。僕は動かなかった。動く力がなかった。

気がついたときには、僕は父さんの腕のなかにいた。ちょうど丘の中腹あたりだった。そのあいだ、やきもちを焼いたスペルティーナが、僕たちのあいだにひっきりなしに鼻を突っこみ、父さんと僕を引き離そうとしていた。

「ここにいると思ったよ」僕を抱きしめたまま、父さんは言った「しかし、こんなにでかくなってるとは思わなかった。この調子じゃ数年後には、お前を抱きしめてやるとき、禿げた頭のてっぺんに唾をかけられちまうな」

父さんの胸に顔を押しつけ、僕は声を出さずに笑った。心の奥底から笑ったのは、ずいぶんとひさしぶりだった。

父さんは抱擁を緩め、僕の目をじっと見つめた。

「ほかの連中より先に、お前に言っておきたいんだ。今年はものすごく長い休暇をとったぞ。どうだ、嬉しいか?」

僕たちより一足先に、スペルティーナは家に向かって駆けだしていた。

僕は「うん」と頷いた。いつの間にか、頭が軽くなっていた。

刊行案内

No. 58

（本案内の価格表示は全て本体価格です
ご検討の際には税を加えてお考え下さい

ご注文はなるべくお近くの書店にお願い致しま
小社への直接ご注文の場合は、著者名・書名・
数および住所・氏名・電話番号をご明記の上、
体価格に税を加えてお送りください。
郵便振替　00130-4-653627 です。
（電話での宅配も承ります）
（年齢枠を超えて柔軟な感受性に訴える
「８歳から８０歳までの子どものための」
読み物にはタイトルに＊を添えました。ご検討
際に、お役立てください）
ISBN コードは 13 桁に対応しております。

総合図書目録

未知谷
Publisher Michitani

〒 101-0064　東京都千代田区神田猿楽町 2-5-9
Tel. 03-5281-3751　Fax. 03-5281-3752
http://www.michitani.com

リルケの往復書簡集二種完結

＊「詩人」「女性」からリルケ宛の手紙は本邦初訳

若き詩人への手紙

若き詩人F・X・カプスからの手紙11通を含む

ライナー・マリア・リルケ、フランツ・クサーファー・カプス著／エーリッヒ・ウングラウプ編／安家達也訳

208頁 2000円
978-4-89642-664-9

若き女性への手紙

若き女性リザ・ハイゼからの手紙16通を含む

ライナー・マリア・リルケ、リザ・ハイゼ 著 ／ 安家達也 訳

176頁 2000円
978-4-89642-722-6

8歳から80歳までの

岩田道夫の世界

子どものためのメルヘン

岩田道夫作品集 ミクロコスモス ＊

フルカラー A4判並製 256頁 7273円
978-4-89642-685-4

「彼は天才だよ、作品が残る。生きた証も人柄も全てそこにある。作家はそれでいいんだ。」（佐藤さとる氏による追悼の言葉）

波のない海＊

192頁 1900円
978-4-89642-651-9

長靴を穿いたテーブル＊

——走れテーブル！ 全37篇＋ぷねうま画廊ペン画8頁添

200頁 2000円
978-4-89642-641-0

音楽の町のレとミとラ＊

ブーレの町でレとミとラが活躍するシュールな20篇。挿絵36点。

144頁 1500円
978-4-89642-632-8

ファおじさん物語 春と夏＊

978-4-89642-603-8 192頁 1800円

ファおじさん物語 秋と冬＊

978-4-89642-604-5 224頁 2000円

らあらあらあ 雲の教室＊

シュールなエスプリが冴える！ 連作掌篇集 全45篇

廊下に出ている椅子は校長先生なの？ 苦手なはずの英語しか喋れない？ 空から成績の悪い答案で出来た紙飛行機が攻めてくる！ 給食のおばさんの鼻歌がいろんな音に繋がって、教室では皆が「らあらあらあ」と笑い出し……

192頁 2000円
978-4-89642-611-3

ふくふくふくシリーズ フルカラー64頁 各1000円

ふくふくふく **水たまり＊** 978-4-89642-595-6

ふくふくふく **影の散歩＊** 978-4-89642-596-3

ふくふくふく **不思議の犬＊** 978-4-89642-597-0

ふくふく 犬くん きみは一体何なんだい？ ボクは ほんとはきっと 風かなにかだと思うよ

イーム・ノームと森の仲間たち＊

128頁 1500円　978-4-89642-584-0

イーム・ノームはすぐれた友だちのザザ・ラパンと恥ずかしがり屋のミーメ嬢、そして森の仲間たちと毎日楽しく暮らしています。イームはなにしろ忘れっぽいので お話しできるのはここに書き記した9つの物語だけです。「友を愛し、善良であれ」という言葉を作者は大切にしていました。読者のみなさんもこの物語をきっと楽しんでくださることと思います。

第五部

17

白状するなら、俺はなにも分かっちゃいなかったんだ。父さんはゆっくりと言い、僕だけに聞こえるよう炎に背を向けた。九ヵ月も十ヶ月もラバみたいに、頭を下にして働いた。前も後ろも見ちゃいなかった。ただ下にある地面を向いて、埃を呑みこみつづけた。稼ぎの良い仕事だった、それは認める。しかし晩には、背中が割れるように痛み、疲労のあまり死体みたいになってベッドに倒れこむんだ。それが、俺のいないままに育っていくお前たちを思う時間だった。ほかの誰かに見られないよう、枕に顔を押しつけて思い出に耽る時間だった。口のなかに煙草の苦い香りが広がるのを感じ、俺は眠りに落ちていく。

翌朝になればまた道路工事現場だ。何キロも何キロもつづくアスファルトだ。南へ伸びる道路の前で、俺は空想をめぐらせた。このまま進めば、村に着くんじゃないか。スペルティーナもろとも、家族を抱きしめてやれるんじゃないか。もう二度と旅立つこともなく、何年も、そう、何年も何年も、家族といっしょに……

俺はそのあいだも、休暇にお前たちのところに戻るだけで満足していた。一年前に家を発ったときと同じように、なにもかもうまくいっているように俺には思えた。お前たちのことを、ちゃんと分かっていると思いこんでた。ところがよくよく考えてみれば、誰のことも、俺自身のことさえ分かってなかった。

お前の病気は俺にとって、体に電気を流されたような衝撃だった。そりゃ、回復はしたさ。だけど俺の心には、厄介なしこりが残ったんだ。

お前の母さんは、息子が手のつけられない獣みたいになったと手紙で繰り返し知らせてきた。学校では真面目に勉強しようとせず、誰かれとなく喧嘩してるってな。だから俺はお前のために、予定を早めて出発した。父親として、真っ直ぐなしっかりとした手を、お前に差し伸べるために。

エリーザにかんしては、お前よりはるかに面倒だった。まったくの不意打ちだったんだ。その一件を俺に伝えたものかどうか、どんな言葉を使おうか、お前の母さんは困り果ててた。俺の反応が恐ろしかったんだよ。しかしあいつは、誰かほかの人間から俺がその件を知らされたら、もっとひどいことになると分かってたんだな。だからお前の母さんは、勇気の首根っこをひっつかみ、十字架に打ちつけられた恐ろしい四本の釘を、口のなかから引っ張り出してきたわけだ。

「エリーザに愛人がいるの。そういう噂なのよ」

俺は思わず吹きだした。熱のこもらない、唐突でいい加減な笑いさ。鼻血みたいなもんだ。

あいつは言った「ただの噂よ。念のため、あなたに言っておくの。なんにしたって、あなたから見ても、最近のあの子、少しおかしいでしょう」

お前の母さんは、「婚約者」とか「決まった人」とか「彼氏」とか「恋人」とは言わなかった。そういう言葉なら俺が喜ぶって、あいつは分かっていたのに。若いやつらの、疾しいところのない恋より美しいものなんてほかにあるか？　あいつは嫌々、まるで臭い豚小屋から引きずりだしてくるみたいに、「愛人」って言葉を使ったんだ。

疲労の跡をこそげとるような振りをして、俺は顔を手でこすった。本当は、その汚らしい言葉をぬぐい去るためのしぐさだった。俺はそれ以上、下品な疑いを自分の脳みそに置いときたくなかった。

あいつはつづけた「よその土地の既婚者ですって。たぶん、あなたよりほんの少し若いくらいの。そういう噂よ」

俺は話を打ち切った「それでお前は、そのばかげた噂を信じてるのか？」

返事は待たなかった。もうたくさんだ。俺はバールに行ってカードで遊んだ。間違ってたよ。いつも、後になってから分かるんだ。きっと、俺がもっと早く行動していれば、俺たちみんな、あんな嫌な思いをせずにすんだ。俺がお前にしてやったようにすれば。影みたいに、お前のうしろにいてやったように……

友人たちからビールをもう一本手渡され、父さんは話をやめた。

「ア・ヴォトル・サンテ」フランス語で父さんは言った。すると友人の一人が笑った「なぁ、トゥッリオ、自分のお袋から教わったとおりに話してくれ。でないと俺たちには分からねぇぞ」

ほかのみんなも声を立てて笑い、笑いながら「プロスト」とドイツ語で言った。そして真剣な面持ちで、また話をはじめた。父さんの友人はたいていが、ドイツに移住したことのある人たちだった。ドイツに暮らすあいだに捧げた犠牲について、彼らは語った「はじめの時期はとくにひどいな。そうだろ、トゥッリオ？　いったん発てばもう後戻りはできない。これが移民の辛いところだ。後戻りはできないんだ。村にいるときは夢にも見なかったあらゆる悪態をつきながら、俺たちは仕事を覚えてく。そうだろ、トゥッリオよ？」彼らもまた、炎に記憶をくべているところだった。きっとほかの人たちは、教会の玄関につづく階段に散らばっている。途切れることのない囁き声や、焼けつくような空気に耐えて鳴いているコオロギの声が、教会正面の庭に響いていた。ナターレの炎の前で、みんないっしょになって、これまでの日々の決算をしていた。

フランスから帰ったあとは、ホラに留まるためにあらゆる手立てを尽くしたと父さんは語った。たとえば、家庭をきちんと築き維持すること。フランチェスカ、つまり僕の母さんは、娘を抱えたやもめの父さんと結婚したことを、けっして後悔していなかった。母親を失ったはずのエリーザは、フランチェスカとお祖母ちゃんという二人の母親に出くわした。ほかの女の子たちと同じくらい、あるいはむしろ二倍も愛情を注がれて、エリーザは大きくなっていった。それに、近所のみんなが注いでくれた愛情も忘れちゃいけない。僕の父さんは求人のチラシを握りしめ、何年ものあいだ人間らしい仕事を探した。そうして見つかるのはけっきょく、日雇い仕事、土地のれんが積み工の仕事だけだった。いつだって闇労働だった。それでも父さんはめげなかった。父さんに割り当てられたピガードの小さな土地を耕し、少しの種を蒔き、少しの木材を集め、秋と初冬にはオリーブを収穫し、職業斡旋所に申請を出し、電話をかけ、工事現場を訪ね歩き、モンテカティーニで働かせてもらえないかクロトーネまで旅をした。いつも気落ちして家に戻った。

ついに諦めかけ、また出発しようとしていたまさにそのとき、ホラで公道を作る手はずになっていたよその土地の建設業者に、父さんは雇われた。つるはしとスコップを使う仕事だった。家から職場までは歩いて数分という、願ったり叶ったりの環境だった。ただしその業者には、何週間も何ヶ月も遅れて給料を支払う慣習があり、超過労働を勘定に入れないことなど朝飯前だった。業者は何千もの言い訳をこねくりだし、受けとるべきものを受けとるにはいつも口論をしなければならなかった。こうしてある日、数えきれないほどの口論のあとで、もはや待ちきれぬというふうに父さんは出奔した。測量士の足もとにつるはしを叩きつけ、なんの未練もなしに、ふたたび出国の申請をするため斡旋所に向かった。

ほとんど割って入るようにして、僕は父さんに言った「ビール、なくなったよ」

遠くを見るような眼差しで、父さんは僕とスペルティーナの方を向き、それから空になった箱に目をやった。たぶん、僕たちのことは見ていなかった。フランチェスカが、僕の母さんが、頭でなく心でもって、懸命に父さんを引き留めようとしたときのことを父さんは話してくれた「わたしたちにはパンもおかずもあるじゃない。わたしたちは健康だし、かわいい子供たちもいるじゃない。お願い、フロンチァなんか放っておいて。ここの方がフロンチァよりもあなたには合ってるわ。ここにはわたしと、あなたの子供たちがいるじゃないの」けれど父さんは、こめかみに拳銃が突きつけられるのを感じていた。生まれながらのちんぴらが、有無を言わせぬ声でこう告げている「お前が発つか、俺が引き金を引くか。どっちか選べ！」

こうして、父さんはまた北フランスへ発った。父さんのビルが、息子が、つまり僕がこの世に生まれてから、七ヶ月後のことだった。

18

エピファニアの夜は雪が降った。朝になると近所の女の人たちが家から出てきて、愉しそうにこう叫んだ「チャ・ボル・エ・ブクル・ナ・カ・プルナ・ベファーナ。ベファーナはなんてきれいな雪を運んできたのかしら」そして、僕たち子供といっしょになり雪の球を作って遊んだ。エリーザも、母さんも、ピッコラも、誰もが白く覆われた通りに出て、同じ言葉を繰り返した「チャ・ボル・エ・ブクル・ナ・カ・プルナ・ベファーナ」みんなはつまずいた振りをして、腕を広げ柔らかい雪の上に倒れこんだ。［「エピファニア」は、東方の三博士がキリスト礼拝にやってきたことを記念する一月六日の祭り。「ベファーナ」は、エピファニアの前夜に子供に贈り物を届けにくる老婆のこと］

外に出てきたお祖母ちゃんが、近所のみんなに「シリベク」を用意しようと提案した。お祖母ちゃんはエリーザと畑に行き、汚れていない雪をシチュー鍋に詰めた。二人は台所に戻り、鍋のなかの雪の上に煮詰めたブドウの汁を流しこんだ。

しばらくしてから、僕たちみんなにコップ一杯のシリベクが振る舞われた。これは冬に飲む氷シロップのようなもので、とても甘く、とりわけ子供に人気のある飲み物だ。

クリスマス休暇の最後の日だった。また明日から学校が始まる。僕は体の内側に、さっき腹のなかに流しこんだ雪のような、ひんやりとした喜びを感じていた。

昼食のとき、父さんが僕に言った「そら、ちゃっちゃと厚着しろ。ピガードの俺たちの土地に行くぞ」

もちろん、僕は急いだ。それどころか、まだ食べ終わってさえいなかったのに、自分の部屋に戻って服を着替えた。

外に出た僕は、ピッコラもいっしょに来ることを父さんから知らされた。「ふうん」やや落胆して僕は言った。

ピッコラは、僕らの行き先は北極なのかと思うほどたくさんの服を着込んでいた。エスキモーみたいだった。両目と鼻の先っちょしか見えなかったけれど、そんな小さな部分からさえ、喜びと興奮のあまりじっとしていられない様子が伝わってきた。

父さんは二連発猟銃を斜め掛けし、腰のまわりにたっぷりの薬莢を巻いた。山賊風の、古くてぼろぼろの帽子を頭にかぶり、かつて鉱山で使っていた、重たくてごつごつした靴を履いている。

外ではスペルティィーナが僕たちを待っていた。あいつの隣には木製の小さな橇があった。板のあちこちがねじ曲がり、いたるところに虫食いの跡がある。

「お前くらいの歳のときに、俺が自分で作ったんだ」父さんが言った「あの頃は、冬にはたいてい、三度か四度は雪が降ったもんだ。俺たち子供は、広場からパラッコの豚小屋まで橇すべりしてな。ほんとうに楽しかったよ」

許しも求めずに橇にまたがり、ピッコラが僕に命じた「引いて！」

いったい僕に、どうすることができただろう？　なにせこいつはピッコラだ。おまけに父さんまで、僕に向かってこくりと頷いてみせた。実際、父さんはこう言ったのだ「引いてやらなかったらどうなると思う？　一〇分もすりゃピッコラはくたくたになって、喚きだして、みんなで家に帰る羽目になるぞ。こいつの性格、分かってるだろ？」

ピッコラは厚かましい笑みを浮かべた。

パラッコから広場までの道のりは一苦労だった。道はつねに上り坂だし、ピッコラはどっしりと重たかったたから。父さんは傍らにスペルティーナを従え、僕たちの前を歩いている。手を貸してほしいかと、僕に尋ねようともしなかった。広場を過ぎると僕らはようやく、軽い下り坂や平坦な道に進み入った。これでひと息つけそうだ。

じきに村の外に出た。パードレテルノの分かれ道を少し進むと、ピガードまではずっと下り坂だった。

僕は橇にまたがった。背中にはピッコラが貼りついている。僕らは風よりも早く進んだ。足の筋肉を暖めたがっていたスペルティーナが僕たちを追いかけ、一方の父さんは、雪のなかを必死に進みながらこう叫んでいた「待て、待て、それじゃだめだ」

レーシングカーを運転している気分だった。カーブのときだけブレーキをかけ、長靴で力のかぎり雪を蹴った。ピッコラが叫んでいる「もっと強く！　ほら、もっと風みたいに！」父さんはもはや声のない山賊の帽子となり、黒い点となり、やがて姿を消した。

僕たち一家の土地にたどりつき橇をとめた。僕らは雷に打たれたようになった。

平原は、目が眩むような白さの、巨大な雲と化していた。草叢も、茨も、低木もなかった。森に向かってせりあがる、波打つ白があるばかりだった。

「ねぇ、マルコ、木が、綿菓子みたいだね？」ピッコラが声を低くして僕に話しかける。

僕はこくりと頷いた。声は出さなかった。僕だって、お伽噺のような白い静けさを、かき乱したくなかったから。

足跡に気がついたのはスペルティィーナだった。あいつは鼻を雪で濡らし臭いをたどりはじめた。それから、息を切らした父さんが追いついてきた「お前らのせいで、この寒いのに汗かいたぞ。こんなに走ったのは何年かぶりだ、おまけに雪の上でな！」でも、怒ってはいなかった。

父さんも足跡に気づき、すぐさま事態を把握した「売女のガキども！　今朝早くにここまで来て、俺たちの土地にばね罠やら落とし罠やらを仕掛けていきやがった。これだけ寒けりゃ、食い物を探す鳥がわんさと押し寄せてくるさ。かわいそうに、たぶん死んじまってるだろう」

ピッコラと僕には、いったいどういうことか分からなかった。

「今に分かる。俺といっしょに来い」雪のなかを苦労して進む途中で、父さんの頭にある考えが閃いた「犯人どもは今夜、仕掛けた罠と死んだ鳥を集めにくるはずだ。骨折り損にさせてやる！」

スペルティィーナは僕たちと同じ進路を取りつつ、そのずっと先を、鼻を下にして歩いていた。もし背中のあちこちにハート形の茶色い染みがなかったら、なにしろあいつの毛は真っ白だから、きっと見えなくなっていただろう。

オリーブの木の下に、僕たちは最初の罠を見つけた。茂みの裏の近くに、またひとつ。それから、洋ナシの木の下にひとつ、葡萄畑にひとつ。歩けば歩くだけ、鉄製の罠が見つかった。

「悪党どもめ」父さんが言った。「ひどい」ピッコラが言った。ばね式の歯のあいだに僕たちは、駒鳥《こまどり》、雀、鶫《つぐみ》、それに懸巣《かけす》にいたるまで、二〇羽近くを見つけた。みんな体を硬直させ、口を開けたままだった。

開いた罠の掛け金には、冷え切ってはいるけれどまだ生きているうじ虫が結わえつけられていた。まるで小さなコブラのように、むなしく身をくねらせている。掛け金にくちばしで触れるだけで「ザクッ！」となる仕組みだった。そうして歯は突然に、哀れな鳥の首に食いかかる。茎いたるところに、ウチワサボテンの重く平たい茎で作った、単純な罠が仕掛けてあった。茎の真ん中に挿された枝が釣り合いを保ち、土台の部分に黒オリーブが貼りつけてある。

父さんは雪を蹴飛ばし、まだ鳥のかかっていないばね罠や落とし罠を反応させた。父さんは言った。俺は鳥のことは大事にしている。狩るのは猪のような大型動物や、せいぜい野兎や狐くらいだ。小鳥を撃つことに、いったいなんの楽しみがある？　猟銃で「パンッ」と一発やるだけで、肝をつぶすか、あるいは偶然に弾が命中するかして、鳥は茨のなかへと落ちていくんだ。

ともかく、父さんは死んだ鳥を罠から放して集めてまわった。恐怖のために鳥は目を見開いていた。その姿を僕たちに見せぬよう、父さんは鳥を頭からつかみ、背負い袋の中に突っこんだ。「母さんがこいつらで、とびきり旨いスープを作ってくれるぞ。どっちにしたって、もう死んでるんだからな。もしここに放っておいたら、あの悪人どもがこいつらを食っちまうさ」

スペルティィーナは、罠にかかった鳥の臭いを嗅いで声を立てていたけれど、鳥に触れようとはしなかった。主人に倣い、鳥に敬意を払ったのだ。

僕たちはウチワサボテンの茎の下に、まだ生きている雀と鶫を見つけた。ほかに、ばね罠で足を怪我している懸巣もいた。父さんはこいつらを優しく撫で、息を吐きかけて暖めた。それから空へと、鳥たちの家の方に向かって、三匹を放してやった。一匹を放すたびに銃を構え、自分が放したばかりの鳥に狙いを定め、まるで子どもがするように、口で「パンッ」と音を立てた。

はじめのうち、父さんがなぜ銃を持ってきたのか、僕は分かっていなかった。ややあってから父さんは、罠から適当にウチワサボテンの茎をつかみとり、僕たちから二〇メートルほどの距離にそれを突き刺した。背中から銃を外し、弾倉の開き方と薬莢の込め方を僕に見せた。

僕が理解したことをしっかり確かめ、とうとう僕に銃を構えさせた。

「あの茎を撃て」父さんは言った。

ピッコラがすすり泣きをはじめた「お父さん、あたし怖い」

「耳を手で塞いでおけ」いくらか素っ気なく、父さんはピッコラに指図した「それで、俺たちのうしろで静かにしてろ！」

僕だって、銃を撃つのは怖かった。だけど拒むわけにはいかなかった。それはできない。

どうやって狙いを定めるのか、父さんは僕に説明した。

僕は照準を合わせ、引き金を引いた。荒々しい反動を二度、銃から肩に感じた。

茎はいくつもの破片となり、雪が描く花輪といっしょに、あたりを低く舞い散った。

「すごい、マルコ」ピッコラが言った「真ん中に当てたね」

耳鳴りがした。でも僕は、自分が正確に撃てたことに満足していた。

「次に撃つときは、銃をもっと肩にぴたりと当てるんだ」父さんは忠告した。それだけだった。賞讃の笑みも、低い声での「よくやった」もなし。そもそも、父さんは滅多に褒め言葉を口にしなかった。きっと、褒めたせいで僕が慢心するのではないかと心配していたのだろう。たぶん父さんは正しい。それでも、僕はやっぱり、あの日ずっと気落ちしたままだった。そしていつもどおり、父さんはそのことに気づかなかった。

「さて、家に帰る時間だな」やがて父さんが言った。

ありがたいことに帰り道は父さんが、ピッコラを乗せた橇を上まで引いていってくれた。登りはむちゃくちゃに苦しかった。スペルティーナは僕の隣を小走りに駆けていた。銃を肩から斜めにかけていた僕は、山賊になったような思いだった。

19

最初のうち父さんは、本当に影のように、僕のうしろからついて離れなかった。午後は毎日、すごく難しい授業の内容を説明してくれた。とくに、父さんの得意科目である歴史と算数を。こうして僕は短いあいだに、積み重なった遅れと先生からの評価を挽回した。

夕方はバールで、ブリスコラやスコーパ、それにトレセッテを教わった。息子とカードをしているのは僕の父さんだけだった。僕が負けた場合、オレンジソーダかチョコレートバーを、僕ら二人のために僕の小遣いからおごらなければいけなかった。おまけをしてくれることも、わざと負けてくれることもなかった。あったとしても、僕はそれを拒んだだろう。父さんに似て、僕はあまりに誇り高かったから。子供としてではなく、青年としての僕と向き合おうとしてくれる父さんの思いを、僕は汲みとりたかった。

狩猟期が終わったあとの日曜には、野原まで僕を連れていってくれた。きれいな空気を吸うために、ほとんど毎日のように父さんが出かけている場所だった。小一時間かそこら野原をぶらついているあいだ、父さんはあたりを指さしながら、熱をこめて僕に語った。刈り込みの仕事や、ひよこ豆とそら豆の種を植えた土地のこと。そしてチシャ、ピーマン、トマト、唐辛子など、少し前に芽が出たばかりなのに早くも草木が深く濃く茂っている苗床について。父さんはそれを誇らしげに、「このあたり一帯でいちばん見事な苗床」と呼んだ。傍から見ると父さんは、ずっとホラに留まるつもりのようにに映った。反対に、始まったばかりのこうした仕事をすべて放り出して発つというなら、正気の沙汰とは思えなかった。それじゃいくら働いたところで、風に運ばれ消えていくだけじゃないか。

父さんの本当の意図は、知らないままでいたかった。僕は父さんになにも訊かなかった。幼いころから心に抱え、いまだそこから自由になれない、迷信じみた恐れのせいだった。口にした言葉が現実を招きよせることを、僕は警戒していた。そもそも父さんと僕は、少ししか話をしなかった。村か野原に父さんがいると分かっているなら、僕にはそれだけで十分だったし、それで僕は満足していた。

晩になると父さんは、ピッコラや僕といっしょに「ムズィキエーレ」をして遊んだ。これは、人より多くの歌を当てるゲームだった。古い遊びで、子どもだったころはエリーザも、父さんといっしょにこのゲームをしていた。父さんが手に鈴を持ち、歌のメロディを口笛で吹き鳴らす。五歩か六歩くらい離れた場所で、僕たちはそれを聞く。頭に歌のタイトルが浮かぶなり、鈴を叩くために駆けていく。ほとんどいつも負けてばかりだったとはいえ、僕はムズィキエーレが好きだった。だって父さんが、僕たちと家にいてくれるから。夕食のあとはバール・ヴィオラで友人たちに会い、カード遊びをしたり、猟について話したりしていた。父さんは満足そうだった。そして僕たち、母さんもピッコラも僕も、同じように満足していた。

エリーザは滅多にコゼンツァから帰ってこなかった。帰ってきたときは、勉強のために部屋に閉じこもったり、お祖母ちゃんに会いに行って二人で昼食をとったりしていた。家で食事するとき、エリーザは静かだった。家族からのひっきりなしの質問に、言葉少なに答えていた。

ある日、母さんがエリーザに、友だちと散歩に出かけてきたらどうかと勧めた。三月の、よく晴れた一日だった。僕たちはちょうど昼食を終えたところだった。開花の季節を迎えた庭のアーモンドの畑から、ミツバチの羽音が台所まで伝わってくる。香りはじめた柑橘の匂いが、風に乗ってすぐそばを流れていく。母さんは繰り返し言った「こんなに天気が良いんだから、少し外の空気を吸ってきなさいよ」それからなおも、母さんはこうつづけた「太陽を浴びてくるといいわ、体も喜ぶから。勉強はコゼンツァでたっぷりしてきたんだし、ここでは休みなさい。あなた、死体と間違えられそうな顔してるわよ」

僕はスペルティィーナのために、皿のなかのパスタの残りや骨をかき集めていた。エリーザが狂ったような声で怒りを爆発させるとは、想像もしていなかった。「やめてよ、好きにさせてよ、たくさんなのよ。もう母さんの話は聞きたくない！」

母さんは弁解した「なにかまずいことでも言った？　わたしはただ、そうしたらいいんじゃないかって思ったから」母さんは父さんの方に視線をやった。父さんは怪訝そうに首を振った。

唐突で凶暴な、雌ライオンのごとき唸り声でエリーザは答えた「ご忠告はあなたのお子さんにしてやってよ、わたしじゃなくてね。わたしはあなたの娘じゃない、頭にそのことを叩きこんどいて。この家ではわたしは厄介者でしかないの、それも全員にとって。大学を出たらもう、ご迷惑はおかけしません、さようなら。あなたたちがわたしの顔を見ることもなくなりますから」

母さんは若い娘のようにわっと泣き出し、寝室に閉じこもった。父さんが怒鳴った「おい、なにをばかなこと言ってんだ、なんて下らないこと考えてんだ。お前はいつだってお姫様みたいな扱いを受けてきただろ。母さんはお前のためならなんでもした。なのにお前から、こんなひどい仕打ちを受けなけりゃいけないのか?」

「わたしの母さんじゃない！　わたしの母さんじゃないって知ってるでしょ！　わたしを本当に大切に思ってたことなんて一度もないわ。あの人はね、他人の前ではいつだって愛想笑いをしてるのよ。だけどもう、わたしにすっかりうんざりしてるの。マルコとピッコラだけが大事なのよ。だいたいわたしは父さんにとっても、生まれたときから重荷だったんでしょ。ここにやってくるたびに、みんながわたしの心をかきまわしてくる。父さんと母さんよ。一秒だってそっとしておいてくれないじゃない。父さんたちはただ、自分の言葉で良心を満足させたいだけなのよ」

手を上げぬよう、父さんが必死にこらえているのが分かった。激しい平手打ちをお見舞いして、なにもかもを父さんなりのやり方で片づけることもできただろう。けれど父さんの目の前にいるのは、気が触れたような口をきく二十歳の娘なのだ。父さんは怒鳴った「頭がいかれちまったのか、魔法でもかけられたのか、なにがあったんだ、え？　なにが不満なんだ？　なにが不満なのか、言ってみろ」

エリーザは自分の部屋に駆けこんだ。目には一粒の涙も浮かべず、ただ憎しみだけをたぎらせていた。ピッコラが仰天して、僕の腕をつかんでいた。

父さんは母さんを慰めに寝室に入り、少しすると、重たい鞄を抱えたエリーザが部屋から出てきた。スペルティーナに餌をやっている僕の横を、エリーザが通りすぎていく。僕は言った「ねぇ、コゼンツァに行くの？」エリーザは逆上していた。僕への返事はなかった。

コゼンツァに着いたことを父さんに伝えるため、夕方に電話をかけてきた。

「一言も謝らなかった」苦々しそうに父さんが言った「チャオとすら言わなかったよ」母さんはまたもや、涙を炸裂させた。

その夜、父さんたちは眠らなかった。声を潜めて夜明けまで、ひそひそと話をしていた。時おり、父さんは悪態をつき、母さんは嗚咽を漏らした。二人は交互に、こんなことを言っていた「このままつづけたら、子供たちを起こしてしまう」僕は目を覚ましていた。でも、僕がどうにか理解できたのは、終わりのない議論のテーマだけだった。それはエリーザと、「売女の、あるいはゴロツキの息子」についてだった。つまりあの男だ。

夜が明けてから、父さんはスペルティーナを連れて野原に出かけた。思っていたよりも早く戻ってきた。出かける前より、もっと不機嫌になっていた。

その日はそれからずっと、エリーザと電話で話そうと試みていた。そして、それにつづく数日のあいだも。けれど滅多にうまくいかず、ますます不機嫌になり、父さんはこの一件から逃げ出すようにバールへと身を寄せた。

ある日の午後、葬式の参列者のような暗い顔をして、父さんは家に帰ってきた。もしかしたら、本当に葬式に行っていたのかもしれない。その日の朝、広場でバスに乗る父さんを見かけたから。

「お帰り、父さん」僕は父さんに声をかけた。父さんの顔を見られて嬉しかった。父さんが僕に返事をするより先に、母さんが父さんの手の怪我に気づいた。血に染まったハンカチが、不器用に傷を隠している。

「なにがあったの?」心配して母さんが尋ねた。

「なんでもない、あとで話す!」腹を立てる父さんの手を、母さんが消毒した。

やがて二人は、話をするために寝室に入った。

20

ほんの数日もすると、父さんは息を吹き返したようになった。ある朝など、髭をそりながら鼻歌を口ずさんでいた「なんと美しい、今日という日よ、太陽よ」それから、まるでその歌をアルバレシュ語に訳したような調子で僕に言った「アシュト・ニア・ディタ・エ・ブクル、メ・ニア・ディアル・チャ・チャン・グレト……清らかな空気、まるでもう祭りのよう……」顔をすすぎ終わってから、ジリエットのことを熱っぽく僕に話す「ド・タ・ヴェミ・ソト？」父さんは僕に提案した。

僕はすぐに「うん」と答えた。父さんは何年も前から、僕をジリエットに連れていくと約束していた。けれど冬のあいだは道がぬかるみ、前に進むこともできなくなるため、この約束は長いあいだ実現しなかった。

父さんは銃と薬莢を身につけた。背中のリュックには母さんに用意してもらった弁当が入っている。スペルティーナに向かって口笛を吹き鳴らし、僕らは連れだって出発した。

午前はずっと歩きどおしだった。まずはモンタニェッラに向かう上り坂、次に岩が波打つ細道の下り坂。それは人間よりも山羊にふさわしい道のりだった。

「道をよく覚えておけよ」父さんが念を押した「帰るとき、役に立つからな。万が一、俺になにかあったときのためだ。足が折れたり、心臓が止まったり、人生はなにが起こるか知れたもんじゃない」

常盤樫《ときわがし》や衝羽根樫《つくばねがし》、棘の生えたエニシダ、野生のローリエ、ハンニチバナの茂み、ローズマリーにエリカが入りくみ林はつづく。あちらこちらに咲き散らばり、光の暈を拡げるエニシダの黄色い花が、常盤樫の形づくる薄暗い緑を和らげている。エニシダの香りがあたりを漂い、ローリエやローズマリーの濃厚な匂いと混ざり合う。

岩から湧き出す炭酸の水を飲むため、僕らは時おり歩みをとめた。そして、林のなかのぽっかりと木立が途絶えている場所で休憩し、周囲の景色を堪能した。まるで展望台にいるようだった。

「矢筈形にひびの入った、頭蓋骨みたいな空き地だな。草一本ない。家畜の山羊やら雌牛やらがひっかけてく大量の小便のせいだ」父さんが僕に解説した。

「アッティラを超えると、もう草は生えないんだよ。家畜の小便がもっと強力なんだね！」僕は言った。歴史の知識を披露できることが嬉しかった。父さんはげらげら笑った。

その少しあと、父さんは俳優よりも上手に、真剣な面持ちで詩を詠じた「海をごらん、波がしぶきをあげている。僕らの下の川をごらん、かぼそい水は糸のよう。上にはほら、深い藍色を帯びるシーラの山。あの村はクルコーリ、あれはチロ、あれはメリッサ、そのまた上に、ストロンゴリの姿が見える」

オークの木の太い根からできた天然の階段を、僕たちは注意深く降りていった。僕は何度か、帰り道を覚えておくために後ろを振り返り、目印となるものを頭に入れた。ほとんど干からびている古い楡《にれ》の木、炉の鉄床に似たごつごつした岩、一本だけぽつんと生えたピスタチオの木。

それまで僕たちと歩調を合わせていたスペルティーナが、灌木の茂みのなかへ一足飛びに突っこんでいった。

「野生の猫だか狐だかを、巣から追いだしたんだ」父さんが説明した「猪じゃない。なにしろ、あのとき散々な目に遭わされてからというもの、猪のことは避けてるからな」

下に降りていくにつれ、空気は冷たくなった。チチと鳴く鳥の声や、さらさらと流れる風の音は、終わりかけの歌の調べのように次第に弱まっていった。そしてついに、平らな岩の上に抜けると、音楽はまた活気を取り戻した。

父さんが言った「さぁ、ジリエットだ。俺は、天国ってのはこんな場所じゃないかと想像してる」

眼下には滝が見えた。マリオも含めたホラのたくさんの少年たちが、その美しさについて語っていた滝だ。目まいを引き起こすような弧を描き、岩から力強く水が吹き出している。その下方、大きく渦を巻く滝壺へ、燕、花鶏《あとり》、鶸《ひわ》の群れが水を飲むために急降下していく。そうかと思うと、鳥たちはまたすぐに高度を上げ、熱に浮かされたようにして、上へ下へと頭の向きを旋回させる。

僕は言った「さぁ、行こうよ……」父さんが僕の口に一本の指を当て、喋るなと合図をした。そしてその同じ指で、鋭くて太い、まるでハリネズミの棘のような剛毛に全身を覆われた、一匹の巨大な猪を指し示した。その後ろでは、三匹の小さな猪が一列になって、ぶうぶうと鳴いていた。たぶん、まだ生まれたばかりだ。猪たちは銀梅花《ぎんばいか》の茂みから現われ、滝壺に近づいていった。水を飲みにいくところだ、間違いない。

チビたちは、母親についていくためにすばしこく歩いていた。体にはオレンジと麦わら色の筋が入り、人懐こい豚のような声で鳴き、小さな尻尾をぴんと立てている。

父さんは銃を背中から外し、ゆっくりと狙いを定めた。

僕は心臓に、ずしりと衝撃を感じた。たぶん僕は、「逃げろ、逃げろよ」と叫びたかったのだ。けれど喉からは空気さえ漏れず、ただもう、窒息しそうな感覚に捕われるばかりだった。

父さんが引き金に指をかけるのが見えた。こめかみを引き裂くような轟音を僕が待ち構えた瞬間、父さんは口で「パンッ」と言った。たいして強くもない、耳を疑うような「パンッ」だった。そして父さんは笑いだした。

「俺がそこまで残酷になれると思ったのか、なぁ？」

「うん」僕は正直に答えた。

「俺のこと、すっかり信用してるな」冗談めかして、父さんは言った「さて、もしお前さえ許してくれるなら、母親に向かって石を投げたいんだ。あいつが俺たちを見つけて、自分のガキに悪さをされるんじゃないかとでも考えたら、俺たちはあいつに襲われてえらい目に遭うだろうからな。俺が銃を持ってきたのはそのせいさ。用心のためだよ」

父さんは石を投げた。猪たちは茂みのなかに、大慌てで逃げていった。

「エ・ヴォワラ、これでジリエットは俺たち二人と鳥たちのもんだ」父さんは言った。僕たちが滝に向かって降りていくあいだに、スペルティーナは風のように僕たちを追い越し、滝壺の澄みきった水を飲みにいった。

滝の隣の、花に覆われた傾斜に腰をかけた。半分に切られたパンとソップレッサータを父さんが鞄から取りだし、僕たちは静かに食事をはじめた。

窪地の空気は、ほとんど夏のように暖かかった。太陽の光が、空にひとつだけ浮かぶ白い雲を、強力なレーザのように切り裂き貫いていた。滝から飛び散る雫もまた陽の光に満たされ、僕らの顔にその水滴が飛んできた。父さんは一言も口をきかずに顎を動かしている。だから僕も、同じようにした。

スペルティーナは猪の痕跡を探り、銀梅花のまわりを何度も行ったり来たりしていた。けれど、帰り道を引き返すために僕たちが腰を上げるときまで、そこから離れることはなかった。

夕方近くになって、僕たちは家に着いた。

晩のあいだずっと、ピッコラはふくれっ面をしていた。僕らがあいつを連れていかなかったからだ。

「もっと大きくなったら、いっしょに行こうな」父さんはピッコラを慰めようとした。あいつは分からず屋の怒りん坊のばかたれみたく振る舞い、じっと床を向いたまま、大人じみた皺をおでこに刻んでいた。

「二人はあたしのことが好きじゃないんだ。だから連れていってくれないんだ」

「やれやれ、今度はこっちのおちびさんがやいのやいのと言いはじめたか。行く末が楽しみだなぁ、行く末が」父さんは言った。

ピッコラはハリネズミのように丸くなり、膝に顔を押し当て、耳を手で塞いだ。そして、作り物のすすり泣きが始まった。ため息による中断を挟むことがお約束になっている、あいつの得意技だ。

夕食のあとでようやく、ピッコラに笑顔が戻った。ムズィキエーレで遊び、一五対三で僕をこてんぱんに負かしたからだった。

翌日、昼食の時間にエリーザが家に着いた。大きな鞄を玄関口に放りだし、まずは母さんの、それから父さんの首に腕を絡めた。なにも言わずに、静かに泣いていた。

「おい、おい、もういいって。もう、すっかり大丈夫なんだ。さぁ、食べよう」父さんはエリーザの髪を撫でて言った。エリーザはしぶしぶ父さんから離れ、まっすぐ洗面所に向かった。

しばらくしてから、エリーザは晴れ晴れとした顔でテーブルの席についた。大学の試験について話し、今度はいつ出発するのかと父さんに訊いた。

父さんは曖昧に答えた「近いうちにな」

ここ数日のあいだで唯一の、嫌な知らせだった。でもじきに、僕はこの知らせを忘れた。なぜならあれは五月のことで、生暖かい柑橘の香りに僕の頭はくらくらとしていたから。それに、父さんはまだ、僕たちの隣にいる。


ある日の昼過ぎ、合皮の新しい旅行鞄を持って、父さんはクロトーネから戻ってきた。なんのための鞄なのか、僕は分からない振りをした。父さんが説明してくれるのを待っていた。父さんの息を詰まらせている喉の結び目に、気づかない風を装って。

父さんは言葉のかわりに、おどけた作り笑いを浮かべた。困った様子をちっとも隠せていない、見え見えの仮面だ。

拳銃を握った形の拳をこめかみに近づけ、父さんは僕の言葉を待った。

父さんに疾しさを感じさせぬよう、僕は笑った。そう、僕はもう、父さんのせいでないことが分かる程度に成長していた。この土地で仕事が見つかるなら、父さんはいつまでも僕たちのもとに留まっていられるはずなんだ。

とうとう、生まれながらのちんぴらの横柄な声で、僕は言った「お前が発つか、俺が引き金を引くか。どっちか選べ！」

21

あの男をまた見かけたのは、父さんが発ってからほんの数日後のことだった。僕はマリオやスペルティーナといっしょにコルク樫の森にいた。男は突然に現れた。濃いひげを泉の水に濡らしている。はじめて会ったときと同じだった。そう、僕は一瞬、僕の人生でいちばん素晴らしかった春へ吸いこまれていく感覚にとらわれた。まったく同じだったのだ。遠くの野原を染めるイガマメの赤、夢のなかにも似た生暖かく静かな空気、猪を追いかけるスペルティーナ……残念ながら僕の隣に、父さんはいなかったけれど。

泉の湧く岩場の縁に男は腰をかけていた。視線を下げ平野を眺める。ちょうど、オフロードバイクが停車しようとしているあたりだった。誰かを待っているようにも見える。

僕はマリオに言った「見てよ。スペルティーナを助けてくれたおかしな男だ」僕はすぐに、「おかしな」という言葉を使ったことを後悔した。僕たちは、コルク樫の幹の背後から男を観察することにした。歩いて三〇歩ほどの距離だった。

肩幅が広く、真夏の日差しを浴びたような褐色の肌をしている。白髪混じりの髪さえなければば、遠目からは、仕事を終えて戻ってきた三十歳そこそこの若者に見えただろう。ジーンズに擦り切れたシャツ、そして肩に引っかけた古いジャケットと、出で立ちもじつに若々しかった。

僕はマリオに、残りの話もすべて伝え秘密を明かしてしまいたい衝動に駆られた。もう舌の先まで言葉が出かかっていたけれど、マリオがそれを遮った「あいつ、おかしな男どころじゃないぞ。どこかで羽をなくしてきた、年喰った鳥みたいだ!」

エリーザに敬意を払い、僕はなにも言わないでおいた。

マリオがズボンのベルトからパチンコを取りだした。小石を添えて、泉の方へ狙いを定める。マリオが百発百中の腕前であることを僕はよく知っていた。空飛ぶ雀が相手でも、体の真ん中に命中させられるほどなのだ。

「なにしてんだよ?」僕は言った「お前まで、頭がおかしくなっちゃったのか?」ところが、すでに小石は男の肩に当たり、男は驚いて僕たちの方へ振り返った。

マリオはパチンコをシャツのなかに隠して上を眺めた。まるで、小石は空から落ちてきたのだとでも言わんばかりだった。

「よぉ、少年たち」男が遠くから叫んだ。その瞬間、スペルティーナがいきなり、エリカの茂みからぬっと姿を現わした。すさまじい勢いで男に飛びかかり、帰郷の祭りのときに響かせる喜びに満ちた鳴き声をあげた。夢中になるあまり泉に落っこちてしまったけれど、そのみっともない飛びこみすら、スペルティーナの熱意を冷ますことはなかった。イルカのような跳躍であいつは泉の外に飛びだしていく。そして男に覆いかぶさり、キスや抱擁を浴びせ、終わることのない感謝の吠え声をあげた。

男は片方の手で、ほとばしりでるスペルティーナの愛情を抑えようとした。もう片方の手では、あいつを優しく撫でてやっている。男は言った「お前、スペルティーナだな、そうだろ？強いんだな、ライオンみたいだ。あのチンピラ猪と出くわしても、今度はまちがいなくお前の勝ちだ」それから、また僕たちの方に振り返りこう叫んだ「これが人間らしい歓迎の仕方ってもんだ。スペルティーナを見習えよ。パチンコなんか使ってちゃだめだぞ」

男の声の調子は、僕には冗談のように響いた。ところがマリオは違ったふうに捉えたようで、早くも村に向かって逃げ出そうとしていた。僕はしぶしぶ、マリオについていかざるをえなかった。僕の目にはあの旅人は、虫一匹にも悪さしない人物に見えていた。あの人は野原や、この世界のあらゆる場所や、あらゆる人びとのことが好きなんだ。そして、スペルティーナのことさえも。

パードレテルノの分かれ道までやってきた。僕たちは走るのをやめて後ろを振り向いた。僕たちを追いかけているのは、旅人ではなくスペルティーナだった。マリオは広場に向かい、僕は家に帰った。

「ついさっき、エリーザがコゼンツァから帰ってきたわよ」母さんが僕に言った。思ったとおりだ。このあたりに旅人が現われると、エリーザは戻ってくるか、去っていくかするのだ。

僕は挨拶しにエリーザの部屋に入った。エリーザは僕の頬にキスをして、それから口をぬぐった。

「ちょっとマルコ、どうしてそんなに汗かいてるのよ！　運動場にでも行ってたの？」

「違うよ。コルク樫の林から戻ってきたとこなんだ」

「最近はもう、勉強してないの？　そういえば長いこと、あんたをしごいてやってないわね」

気分が良く上機嫌なのだと一目で分かった。今しかないぞと、僕は自分に言い聞かせた。

「泉のそばで誰に会ったか、分かる？」エリーザに訊いた。

「誰？」

「エリーザの恋人を見かけたんだ」

エリーザは笑いだした。「そんなわけないわ。わたしの恋人はついさっきまで、友だちといっしょにバール・ヴィオラにいたもの」

「ヴァルキウーゾのおっさんが？」

ここまできて、エリーザは察した。「いいえ。あの人とは別れたの。それに、おっさんじゃないわよ。髪に白髪が混じってるから、たぶん年より老けて見えるんだろうけど。ともかく彼とは終わったの。これはだいぶややこしい話でね、すっきり終わらせるというわけにはいかなかったんだけど」

僕はどう考えたらいいのか分からなかった。きっと、僕は少し残念に思っていた。けれどもし、それがすごくややこしい話だったというのなら、エリーザはあの人と別れて良かったんだ。

「良かったよ。あの人を振って」僕は大人のような声でエリーザに言った。少しわざとらしかったけど、気持ちはこもっていた。

「わたしが彼を振ったんじゃない。わたしたちは二人で話し合って、合意のうえで別れたの。はじめからしんどかったのよ。さいわい、わたしはもう乗り越えたわ。向こうはなかなか納得してくれなくて、苦しんだり、腹を立てたりしてたけどね。わたしは今、フィリッポと付き合ってるの。レオナルド先生の息子よ。あんたも知ってるでしょ？　彼もやっぱりコゼンツァで勉強してるのよ」

僕の反応にエリーザは驚いたらしかった。僕は視線を曇らせた。たぶん、がっかりしていた。なによりもまず、このフィリッポというのが、僕にはまったく気に食わなかった。僕の趣味からすると、あまりにも傲慢な男だ。いつだって、自分はなにもかも知っているつもりでいる。くわえて、僕にとってはさらに重大な問題があった。フィリッポは村のサッカーチームでプレーをしていたけれど、救いようのないへぼ選手だったのだ。

「どうしたのよ？　あんた、不満なの？」

僕は言った「僕にとっては、どっちでも変わらないよ。大切なのは、エリーザが満足してるってことだから」

エリーザは少しのあいだ、両腕で僕を抱きしめ、汗に濡れた僕の髪にキスをした。

「父親みたいな言い方するのね」エリーザが言った。

そう、だけど、正直な父親でなきゃ仕方がない。「みんな、フィリッポは浮気者だって言ってるよ。ホラでは誰ともそりが合わないんだ。知ってるの?」

「フィリッポは、見た目よりもずっと大人なの。彼にかんする悪い噂は知ってるわ。だけどわたしとは、すごく気が合うのよ。ほとんどあらゆることにかんしてね。来年の秋は、わたしといっしょにフランスに来たいって言ってるくらい。でも、わたしは一人で行こうと思ってる。少なくとも一年は向こうで暮らして、フランス語を勉強するつもり。この旅行はわたしにとって、すごく大切なのよ」

「もちろんだよ」大人ぶった口調で僕は言った「僕がエリーザだったら、一人でフランスに行くよ。その旅はエリーザにとって、すごく大事だもんね」

「ありがとう、マルコ。あんたなら分かってくれると思ってた」

僕は嬉しくなって微笑んだ。

それからエリーザは、不意打ちのようにつけくわえた「それと、秘密を黙っていてくれてほんとうにありがとう。約束を守れる子供って、そんなに多くないわよ」

エリーザから感謝の言葉を聞かされて、僕はすっかり誇らしくなった。でも、それをエリーザに気づかれたくはなかった。僕はただ、こう言った「僕はもう子供じゃないよ。十一歳になったし、あと何ヶ月かしたら中学校に入るんだ」

「これは失礼しました、青年どの！　それじゃ、マルコの話をしましょうよ。さてさて、あなたに恋人はいるのかしら？」

シャワーを浴びてくると言って、僕は逃げた。

僕の顔は、ナターレの炎のように燃えていた。

第六部

22

「飛行機を、近くから見たことあるか？」父さんが急に尋ねた。僕が考えに耽っていることに気がついて、遠く離れたところからもう一度、僕を父さんの人生のなかへ引っ張っていこうとしている。あるいは、いまだに父さんを苦しめている心に秘めた重荷を、少しでも軽くしようと思ったのかもしれない。

「ないよ」僕は答えた。すると父さんは、ナターレの炎の炭から直接、新しい煙草に火をつけた。とある日曜日の朝、モレーナと散歩に行ったパリ近くの空港のことを父さんは語った。網で囲まれた通路を歩いて、二人は滑走路のすみに入った。モレーナは少しつらそうだった。というのも、すでに妊娠九ヵ月の時期だったから。やがて、手に手をつなぎ、二人は晴れやかに安らかに、そこに停めてある飛行機を眺めた。大きな機体に小さな機体、それに数機のヘリコプターもあった。おそらく軍隊のものだ。

天気の良い日で、飛行機は光を浴びてきらめいていた。二人の若者は二〇分ほど、スクリューや、翼や、飛行機の尾をぽんぽん叩き、空気が入っているかどうか確かめるみたいに車輪を蹴飛ばし、胴体や補助翼に書きこまれた番号や文字を読んでいた。じきに満足して、さっき入ってきた通路から出ていった。

ほんの数歩ばかり進むと、この世の終わりかと思えるサイレンの音が鳴り響いた。憲兵のジープが三台も走ってきて、二人のまわりを取り巻いた。一〇人はいようかという警察官が、機関銃を水平に構え大地に降り立つ。彼らは大声で「手を挙げろ」と叫んだ。しまいには、二人を一台のジープに押しこみ、空港にある憲兵本部へ連れていった。父さんは絶望していた。胸のうちでこう思っていた。これでモレーナは、恐怖のあまり流産しちまう。

憲兵たちはまず、二人の体を調べた。ゴロツキたちは、モレーナの膨らんだ腹部まで触ってきた。それから尋問が始まった。まるで、犯罪者かテロリストを前にしているような興奮ぶりだった。状況を理解できず、二人が戸惑えば戸惑うほど、憲兵たちの怒りは激しくなった。悪夢のような一時間を経たのち、ようやく、プーリア出身でイタリア語を話す警部がやってきた。

「お前たちのことをずっと監視していた」彼は言った「なぜ飛行場に入った？　なにを探してる？」

「好奇心です。わたしたち、近くから飛行機を見たことがなかったんです。滑走路が開いていたものだから、立ち入り禁止だとは思わなくて」モレーナはこう答えた。モレーナは美人だったが、それ以上に賢かったと父さんは強調した。もっともこの瞬間は恐怖のあまり、牛乳のような顔色をしていたけれど。

警部は笑いだした「俺たちをばかにしようってか。誰のために働いているのか、言え！」

どこまでも潔白な二人は、「働く」という言葉の意味するところさえ正しく理解できなかった。モレーナは正直に、絶望しながら答えた「わたしの夫は、ヴィクトール・ブランシャールのところで働いています。セメントブロックを作る工場の所長です。パリからすぐそこの、ヴィルヌーヴ＝ル＝ロワにあります。わたしは中心街の花屋で働いています」

尋問は二時間つづいた。二人組のスパイを引っ捕らえたと確信していた連中は、くだらない、ばかばかしい質問ばかり繰り返した。

ついに憲兵たちは工場の所長を呼んだ。所長は二人の身元を確認し、全員に向けて疑いをいっぺんに晴らしてくれた。あるいは少なくとも父さんは、そのような希望的観測を抱いていた。ところが一ヶ月後、四八〇〇フランの罰金通告がそれぞれに届いた。二人の滞在許可証には、空港で拘留された日付けとその理由が貼りつけられた。それ以来、許可証の更新期限は六ヶ月に短縮された。そして、引っ越しのために許可証を更新せざるをえないときはいつも、頭のてっぺんからつまさきまで、担当の職員にじろじろ見られた。要するに、散歩の代償は高くついた。未来に待ち受けているこれらの出来事を、勘定に入れなかったとしても。

そう、ほかならぬあの夜、あと一歩で悲劇が起きるところだった。

軽い食事を取ってから、二人は気持ちを落ちつかせ寝床に入った。二時ごろ、モレーナは苦しみのあまり体を折りたたみ、脂汗をかいて叫んだ「お腹の赤ちゃんといっしょに死にそう。わたしたち、死んじゃいそう」父さんは救急車を呼んだ。この世の終わりのサイレンが、頭上でまたもや鳴り響いていた。

その夜、帝王切開でエリーザが産まれた。保育器のなかのその姿は、父さんの目にはひどくちっぽけに映った。小さな鼻につながれた細い管が、エリーザの命を支えていた。それでも目は開いていて、まっすぐこちらを見つめていた。遠い未来を見晴るかす、少し落ち着きのないあの青い瞳で、俺と自分を結びつけようと一所懸命だった。植物が太陽を必要とするのと同じように、自分にはあなたが、あなたの体温が必要ですと、俺に訴えかけていた。

父さんはますます僕に近づき、困惑させるほどの入念さで僕の目を覗きこんできた。僕の視線のうちにエリーザと同じものを探しているのか、それとも、僕のことがよく分からなくなってしまったのか。けれど、友人たちに話を聞かれていないことを確かめた父さんは、ゆっくりと、まるでひとつずつ言葉を区切るようにして僕に言った「三年ぶりに、俺はあいつにまた会ったんだ、あの売女の息子に！」

煙草に火をつけ、父さんは口を噤んだ。きっと、最後の一言を後悔している。きっと、その出来事を語るための言葉を、父さんは探している。また会ったって、どこの誰に？「売女の息子」呼ばわりされるなんて、そいつはなにを仕出かしたんだ？

父さんは炎に向かって腕を伸ばした。空気を抱きしめるような恰好のまま、少しのあいだ、身じろぎもせずにじっとしていた。やがて、父さんは打ち明けた。

そいつは誰なのか、どこに住んでいるのか、そのほかすべてのことを俺に教えたのはお前の母さんだった。俺はそれを聞いて石になった。あいつの言うことが信じられなかった。俺は言ったよ「二人でいるところをこの目で見たとしても、俺はぜったいに信じないね」あれはエリーザとの口論が爆発した日だった。きっとお前も覚えてるよな。俺たちはみんないらいらしていた。お前の母さんは色褪せたぼろきれのような有様だった。ふだん台所を掃除するのに使ってる、もう千回はすすいで絞ってきたあの布巾みたいだった。だけどあいつの声には、いつもどおりの説得力があった。

「海でいっしょにいるところを、見たっていう人がいるのよ。コゼンツァでも誰かが見かけたらしいわ。厚かましくも、エリーザに会いにこの家までやってきたのよ。あの浮浪者!」俺はそれでも、あいつの言うことを信じなかった。俺は言った「その口を閉じろ、つんぼになっちまうだろうが。黙れ。悪態をつくな。さもなきゃ本気で怒るぞ!」実際には、俺の頭はもう冷静さを失っていた。それ以上、俺は喋らなかった。

するとあいつは言い足した「これは本当なの、子どもたちにかけて誓うわ! わたしが二人を見たのよ! まだしっかりと働くこの両目で、二人を見たのよ!」それから、夾竹桃《きょうちくとう》の葉っぱのように苦い言葉を吐きだしつづけた。お前には聞かせられないし、聞かせたくもない言葉だよ。

俺はもう、なにも言わなかった。

翌朝、俺は郵便車をつかまえて、あの男に会うためにやつの家に行った。

扉を開けたのはあいつ自身だった。あいつは一瞬、俺がどこの誰なのか分かっていなかった。外国で過ごす三年間は、俺たちの内も外もぺしゃんこにしちまうからな。一方のあいつは、白髪の量が増えたほかは、まったく変わっていなかった。幅広い肩、はつらつとした明るい瞳。若々しい、涼しげな青を湛えた瞳だったよ。

あいつは俺を居間に招じた。

お前たちと話すときと同じように、俺は言った「エ・ディン・ティ、セ・エリーザ・アシュト・イメ・ビーア?」俺はフランチェスカから、あいつはアルバレシュの村の出身だと聞いていたんだ。

あの男、俺の言っていることが分からないような振りをしやがった。自分の母語が分からない、俺のことが分からない、それよりなにより、俺とは一度も会ったことがないような振りをしたのさ。

俺はしぶしぶ繰り返した。ただし声はさっきよりも大きかった「おい、エリーザが俺の娘だって、あんた分かってるんだろうな?」

やつは言ったよ「なんですか、わたしの家で怒鳴ったりして！　あなたはどこのどなたですか？　エリーザとだけ言われても、誰のことか見当もつきませんね。エリーザという名前の女性なら、一〇人から知ってますよ！」

野郎の全身の毛穴から嘘が噴き出してるってこと、俺にはお見通しだった。あいつの空色の瞳は上に向かってひっくり返り、ほら吹きの汚らしい白眼を曝していた。まるで二匹のカタツムリが、恐怖のあまりひとつっきりの殻のなかに隠れようとしてるみたいだった。

あいつの瞳を捕まえられず、いら立ちをこめて俺は言った「ひとつ念を押しとくぞ。エリーザのことは、あんたが死ぬまでそっとしておけ。さもなきゃ、俺の手であんたを殺す」

「はっ。恐ろしくって小便を漏らしちまいましたよ」あの父なし子はおどけやがって、笑い声をたてようとした。ところがその瞬間、したたかで真っ直ぐな俺の蹴りを股のあいだにお見舞いされたのさ。

「まだ笑ってられるか、見てやろうじゃないか」俺はあいつの耳に、脅しともとれる言葉を吹きこんだ。腐ったキャベツの芯みてえなあの男は、それからいったいどうしたと思う？　野郎、勢いよく体を起こすと、人殺しのような手さばきでナイフを取り出し、切っ先を俺の腹に向けたんだ。

「消えろ、卑怯者が。さもなきゃ手加減しないぞ！」

俺を卑怯者と呼んだんだよ！　あの男がな！

俺はやつに肩を向け、外へ出ていこうとした。そして唐突に振り返り、片手でやつのナイフをつかんで、もう片方の拳をあいつの口にがつんと喰らわせてやった。

俺はナイフを床に叩き落とした。このとき拳に傷を負ったんだ。俺は抑えようのない怒りを爆発させた。一方のあいつは、肘を十字に組んで、尻みたくきれいなあいつの顔を守ってやがった。もしもあのときあいつの妻が入ってこなかったら、俺はほんとうにあいつを殺してたよ。

「なにしてんだい、なにしてんだい？　やめとくれよ、後生だから、やめとくれよ」

あの女は泣いていた、気の毒に。一粒の涙にも値しない、墓に添える一輪の花にも値しない夫のために、絶望してやってたんだ。

俺があの男を放って出ていくとき、あいつは壁に背中をもたせかけ、膝を折り曲げていた。俺はあいつの妻に憐れみをかけたんだ。だが、たぶん慈悲なんぞ必要なかった。

俺の手からは血が流れていた。

僕らはそのとき、家畜の首に吊るされた鈴の音を聞いた。父さんは急に気分を変え、ひどく嬉しそうに言った「来たぞ！　見ろよ、あれ。生きたプレゼーピオの一部さ。俺が企画したんだ。お前が気に入ってくれるといいんだけどな」［「プレゼーピオ」はキリスト降誕の場を人形で表現した模型のこと。クリスマスの時期に飾る］

炎の向こうで行列が揺れていた。農夫は農夫の、羊飼いは羊飼いの格好をしている。小さな子供たちは、白い羽根と黄色い紙の光輪を身につけ、天使の姿に扮している。人間といっしょに二匹の子羊、二匹のロバ、一匹の雌牛がおずおずと行進している。その中ほどで特に目立っているのが、よその土地から来た三人のザンポーニャ吹きと、祭りのための古風な衣装に身を包んだ六人の娘、そして、僕のお祖母ちゃんみたいに喪服を着ている三人の老女だった。この夜の神聖な空気に触れたあと、老女たちは自らの手に口づけをしていた。教会の前の庭に集まっていた人の群れは、からかうように、あるいは驚いたように囁き合い、行列のために場所を空けた。行列のなかに見つけた友人の肩を叩く人もいたし、遠巻きから熱っぽく拍手する一団もあった。ほかの人たちは、静かに、敬意を払いつつ、列をなす人びとのあとをついていった。行列の向かう先は教会の裏側だった。そこには、樫や葉の茂る小枝で設えられた、ほら穴のような小屋があった。誰もが聖なる赤ん坊のための贈り物を携えている。新鮮なリコッタチーズ、プローヴォラチーズ、冬メロン、柘榴やオレンジやマンダリンが入った籠、大きなサルチッチャ、ソップレッサータ、菫の花束、水差し、葦で包まれたオリーブオイルの瓶、ワインのボトル、牛乳が入った小さな桶、胡桃の入った籠や干し無花果《いちじく》の入った籠、古い革のボール、羊毛の布かけ、ほかにもたくさんの贈り物が、これから生まれる赤ん坊のために用意されていた。

最後にスペルティィーナをひと撫でするると、父さんは立ち上がり、急きこむように言った「家に帰って、大切なものを取ってこなきゃならないんだ。もうだいぶ遅れちまった。ここで待ってろ。稲妻みたいに、大急ぎで戻ってくるからな」

そして僕の胸に、小さい石のようなしこりを残していった。

23

翌年の、七月の終わりのことだった。その日は聖ヴェネランダの祝日だった。母さん、ピッコラ、それに僕は、朝早くに家を出て教会に行き、聖女のうしろを練り歩く行列に参加した。エリーザの部屋の扉は閉まっていた。エリーザが戻ったのは昨晩の二時ごろだった。エリーザを起こしてはいけないから、あまり物音を立てぬようにと、母さんは僕とピッコラにしつこく言い聞かせていた。エリーザの帰りが遅くなったのは、祭りの行程に組みこまれている音楽劇を、気乗りせぬまま終わりまで見物してきたせいだった。

僕らが家に帰ったのは、昼の十二時半ごろだった。長く歩きまわったから汗だくで、楽隊が思いきり吹き鳴らしていたマーチのために少し耳が遠くなっていた。峡谷はまるで強力なメガフォンのように、音楽を高らかに響かせていた。

エリーザの部屋の扉は、閉じられたままだった。テーブルには、蠅除けの布をかぶせた朝食が手つかずで残されている。

母さんはすぐに、朝早くのうちに準備しておいたオーブン焼きのパスタを温めなおした。そしてその合間に、大きな声でエリーザを呼んだ「起きなさい、お寝坊さん、もう昼食の時間ですよ！」

エリーザは目を覚まさなかった。

「あなたたちは着替えてきなさい。お祭りに着ていった服は汚れてるでしょう」

ピッコラがぐずりだした「お腹すいた。着替えたくない。早く食べたいよ」僕はあいつとは違って、母さんの言うことを聞いた。半ズボンとランニングシャツに着替えるのが待ちきれなかった。死ぬほどに暑かったのだ。

エリーザはまだ寝ていた。もはや辛抱を切らしかけている母さんのヒステリックな叫びすら、エリーザを起こすことはできなかった。「起きなさい、パスタのオーブン焼きができてるわよ、急いで！」

母さんはついに、腹を立てながら扉を開けにいった。「起きないの？　それともベッドから叩き落としてあげましょうか？」こう叫んで、勢いよく部屋に踏みこんだ。母さんの声が震えた「そんな……」

僕はピッコラといっしょに部屋に入った。ベッドはもぬけの殻だった。

「そんな……」母さんは呆然として繰り返した。顔からは血の気が引き、二日前からなにも飲んでいないみたいに唇が乾いていた。目は、シーツの上の赤い染みに釘づけになっている。いつも枕が置いてあるあたりに二つの染みがあり、その枕はというと、床の上に放り出されていた。さらにベッドの中央にも、小さな染みがひとつあった。素人が描いた下手くそな花のようだった。

ピッコラが涙のないすすり泣きを始め、母さんの足にしがみついた。不安になると、あいつはいつもこんな反応をする。

僕はベッドに近づき染みに触れた。シーツに染みのついた箇所は、もう固くなっていた。乾いた血の染みだった。

「たぶん、具合が悪くなったんだ。きっと、鼻血でも出たんだよ」僕はすぐに言った。けれど、その声は震えていた「たぶん、ひとりで救急病院に行ったんだ。今朝、近所の人たちはすっかり出払ってただろ。誰からも、手を貸してもらえなかったんだよ。僕たちはみんな行列に参加してたんだからさ」

僕は母さんを落ちつかせようとした。けれど母さんは、大理石の塊になったように、ぴくりとも動かなかった。一筋の冷たい汗が、背中をつたっていくのが分かる。

ついに母さんが唇を動かした「救急病院に電話して！」母さんは僕に命じた。ピッコラが、わっと泣き出した。まるで、今になってようやく、なにか重大なことが起きたと理解したみたいに。

僕は電話をかけに居間に行った。気怠そうな声が電話口から聞こえた。診療所の当直医だった。僕は医者に、今朝、エリーザという名前の女性が来なかったかと尋ねた。若者だろうが年寄りだろうが、生きた人間は一人だって来ちゃいないと当直医は言った。そして、祭りの日に病気になるやつなんかいないよと、皮肉っぽくつけ加えた。

母さんは僕の手から電話をもぎとり、すぐさまフィリッポの家に電話をかけた。誰も出なかった。そこで、エリーザの女友だちに一人ずつ、しらみつぶしに電話をかけはじめた。「エリーザと会わなかった？　エリーザがどこにいるか、知ってる？　エリーザがいそうな場所、分かる？」

受話器を置くたびに、母さんは目をこすった。「なんてこと、なんてこと！」こう言って、また別の番号を試していった。次はエリーザの男友だちに電話をかけた。つかまったのはわずか二、三人で、彼らによれば前の晩、エリーザは劇を見ながら思いきり羽目を外していたということだった。電話に出なかった友人たちは、祭りの空気を愉しむために広場に出かけているに違いなかった。母さんはもう一度、フィリッポの家にかけてみた。誰もいない。乱暴に受話器を叩きつけると、エリーザの鞄をかきまわしに行った。電話帳を持って、母さんは居間に戻ってきた。また電話をかけた。コゼンツァやクロトーネやマリーナの番号へ、アルファベット順に、すべての名前を試していく。すみませんと前置きし、自分は誰で、誰を探しているのか伝え、もう一度すみませんと言い、目を閉じたまま返事を聞く。受話器を置くときには、ますます沈痛な眼差しと、ますます落ち着きのない手つきになっていた。

皿に盛られたパスタのオーブン焼きは、すでに石のようになっていた。表面の層が反り返り、固くなって、満足というものを知らない蝿どもがその上を飛びまわっている。

僕は自分の皿をつかみ、スペルティーナのためにそれを外に持っていった。あいつは三口でパスタを平らげた。スペルティーナが旨そうに食べる様子を見ているうち、空っぽの胃からぐるぐるという音が聞こえてきた。

電話帳の真ん中あたりに達したところで、母さんは顔を洗いにいった。それから、とくに自分自身に向けてこう言った「さぁ、落ちつきましょう。きっと、エリーザはじきに戻ってくるわ。きっと、誰かと海に行ってるのよ。ひょっとしたら、フィリッポといっしょかも」

「そうだよ、海に行ってるんだよ、ぜったいそうだよ」僕は言った。だけど少しも確信はなかった。

ピッコラが不平をこぼしはじめた「お腹すいた」あいつは言った「食べないと、気絶しちゃう」

「そうね、今から軽く食べましょう。そうすれば、あとでもっとしっかりと話し合えるわ」母さんがピッコラに言った。オーブン皿に残っていたパスタをふたたび温め、固くなった二人分のパスタをスペルティーナに放ってやった。こうして、僕たちは静かに食べはじめた。

そのとき、電話が鳴った。母さんは手にナイフを握りしめたまま、居間へと駆けつけた。受話器をつかみ、パスタがいっぱいに詰まった口で言った「もしもし！」

つづけざま、がっかりしたように、「あぁ、あなた！」と母さんは答えた。

父さんだった。電話を買ってからというもの、毎週日曜日の午後に、父さんが家に電話をかけてくる習慣になっていた。母さんは、なにが起こったか父さんに説明した。父さんに心配をかけぬよう、大したことではないと信じさせるよう、懸命に努めていた。

父さんの動揺した声が聞こえてくる。けれど、なにを言っているかまでは分からない。

母さんが返事をしている「ええ、ええ、分かったわ――あなたも、どうか落ちついて――あなたの言ったようにするから――また後で電話しましょう――分かったわ」

電話を切った母さんは、気を取りなおしたようだった。

母さんは僕に言った「これから、ピッコラを連れてマリーナに行ってくるわ。ものは試しよ。行かなきゃいけないの。あなたは家に残って、電話がかかってきたら受けてちょうだい。もしかしたら、エリーザが連絡をよこすかもしれないから」

こうして、僕はひとりで残った。玄関の扉を開けっ放しにして、小道の壁に登って腰かけた。もし電話が鳴っても、ここなら聞こえるだろう。

近所の家はどこも空っぽだった。僕のまわりからは、ため息ひとつ聞こえてこなかった。今ごろは例年どおり、広場やバールは人でごった返し、祭りの屋台は大いに賑わっているだろう。熱気を孕んだ風がのろのろと小道を吹き抜け、時おり、嗚咽のように反響する蝉の鳴き声を運んできた。僕の不安はいや増した。

スペルティーナが瀕死の態で僕に近づいてきた。食べすぎたのだ。悲しみに暮れた様子で僕の目を見つめ、二、三度力なく尾を振った。鼻の毛が汚れ、こんがらがっていた。僕はその毛を直してやらなかった。撫でることさえしなかった。あいつは僕の足もとで丸くなり、目を閉ざした。

電話が鳴るほんの一瞬前に、あいつはまた目を開いた。

僕は家に向かって走った。

きっとエリーザだ。今、電話をとったら、エリーザの声が聞けるんだ。間違いない。それで、なにもかもが元どおりになるんだ。

受話器を取ると、父さんの声が聞こえた。

「それで？　なにか知らせはあったか？」

「残念だけど、ない」僕は答えた。

「母さんが帰ったら、すぐに、すぐに電話してくれ。もし今夜のうちにエリーザから連絡がなかったら、憲兵に電話するんだ。その場合、俺は電車に乗って、明日にはお前たちのところに戻る」

今は、僕が父さんの代わりだ。「心配しないでよ。僕たちがぜんぶ、なんとかするから。何事もなかったって、今に分かるよ」

「そう願うよ。また後でな、ビル」

「今に分かるよ。また後で、父さん」

24

何時間か過ぎたけれど、母さんは戻らなかった。マリーナのどこに行ったんだろう？　どうして電話をかけてこないんだ？　僕は母さんやピッコラのことまで心配になってきた。

白髪混じりの頭の男に、エリーザは誘拐された。あるいはひょっとして、殺された。そんな考えがますます強まり、頭から離れなくなる。嫌な胸騒ぎを払いのけるために年寄りの女たちがよくやるように、「ッツ・ッツ、テ・デティ」と、遠く海に向かって僕はこの考えを吐きだした。きっとマリーナで、母さんの身になにかが起きた。母さんまでが今、危険な目に遭っている。「ッツ・ッツ、テ・デティ」それともこの失踪には、フィリッポが関係あるのか？　なにしろ、まだあいつとも連絡がついてない。たぶん二人は、どこか遠くに魚でも食べに行ったんだ。そうとも、たまにそういうことがあるじゃないか。けれど、いつもは一言かけるか、メモを残していく。なによりも、それじゃ血の染みの説明がつかない……「ッツ・ッツ、テ・デティ」もう、たくさんだ。

ここでただぼんやりとしながら、尻尾で蠅を追い払うスペルティーナを眺めているわけにはいかない。エリーザを探さなきゃ。ぜったいに、エリーザを見つけなきゃ。僕は父さんと約束したんだ。でも、どこを探す？　自問してみたけれど、あいにく返事は聞き取れなかった。

突然、スペルティーナが頭を起こした。小道の先の、四角に切られた白い光を見つめている。するとやにわに跳ねあがり、その光に向かって駆けていく。

僕はとっさにあいつに倣った。畑の道に沿って、あいつを見失わないよう、自分に出せる以上の速さであいつの後ろを追いかけた。ありがたいことに、下り坂が相当に急になると、スペルティーナは少し歩を緩めた。まるで、あの速さでは僕が追いつけないことが分かっているみたいだった。ヴァルキウーゾへつづく山道にたどりつき、地面をくんくんと嗅いで、木苺や乳香樹《こうじゅ》の茂みに顔を突っこむ。スペルティーナはいきなり動きをとめ、顔を空の方に高く上げた。円を描いて飛ぶ懸巣《かけす》の動きを目で追っているのか、蝉の鳴き声を耳で聴いているのか、僕には見当もつかなかった。

ヴァルキウーゾを見下ろす草地にたどりつくと、もつれ合う声の反響が聞こえてきた。スペルティーナが小川に向かってロケットのように身を投げた。僕は崖の縁でとまり、用心しつつ身を乗り出した。見えるのは、曲がりくねった水の流れと、花をつけた夾竹桃の枝が何本かだけだった。むき出しになった常盤樫《ときわがし》の太い根の上に僕は足をかけた。常盤樫は岩壁の縁から、ほとんど水平の方角にゆがんだ形で伸びている。僕は体を幹に預けた。首を伸ばすとついに、葦の幕の向こう側、小川に浮かぶ大きな岩の背後が見えた。僕は怒りを孕んだめまいに捕らえられ、体が震え、あと少しで宙に向かって足を滑らすところだった。

エリーザが、川べりの乾いた砂利の上に横になっていた。手首は縛りつけられ、シャツのボタンは臍まで外され、胸は露わになり、光がその顔を白く照らしている。男はこちらに背を向けていた。エリーザの足に落ちかかる、幅の広い、苛立ったような影が視界に映った。二人は、話すというよりはむしろ怒鳴りあっていた。一人の声にもう一人の声がかぶさり、僕にはなにも理解できず、ただその反響だけが猛禽の鳴き声のように空へ放たれていく。すると、牙を剥いたスペルティーナの吠え声がその反響を覆い、僕の視界にあいつの姿が飛びこんできた。スペルティーナは男に狙いを定め、その背中へ飛びかかった。

男が小川の平らな石をつかみとり、スペルティーナの頭をしたたかに打つまでのわずかなあいだ、僕はたえず形を変える男の影だけを見つめていた。

エリーザの声が、これまでよりも鮮明になった「人でなし、人でなし、あんたはスペルティーナを殺したのよ」涙まじりの声が繰り返し響いた。

スペルティーナは今、エリーザの隣で白い光に包まれ、静かに横たわっている。

この瞬間、僕の震えがとまった。膝をついて後ろに進み草地に戻る。それから思いきり、家に向かって駆けていった。時おり、僕の目を覆う涙をぬぐった。あるいはそれは汗だったのかもしれない。だって僕は、絶望していたわけではないのだから。自分がなにをすべきなのか、僕には完璧に分かっていた。

家に着くまで一〇分もかからなかった。新記録だ。

母さんとピッコラはまだ戻っていなかった。これでいい。

僕は寝室に入り、タンスの側面の扉を開け、父さんの二連発猟銃と弾薬のベルトをつかんだ。よし、マルコ。さぁ、急げ。二発の赤い薬莢を銃に込め、ベルトをタンスのなかに放り投げた。これ以上は必要ない、扉を閉めろ。父さんの声が聞こえた気がした。さぁ、急ぐんだ、マルコ。

憲兵に連絡しようとは考えなかった。そうすべきだったのだろう、分かってる。けれどそんなこと、思いつきもしなかったのだ。僕はただ前だけを見ていた。地面に横たわるエリーザとスペルティーナを見ていた。

狙撃手のように銃を手に抱え、僕は走った。一瞬、自分がなにをしようとしているのか忘れた。いつか父さんがフランスから持ち帰ってくれたプラスチックの銃で、兵隊ごっこをしているようにも思えた。けれど猟銃は重みを増し、ヴァルキウーゾはいよいよ近づいてくる。これは遊びじゃない。僕のなかで、「人でなし、人でなし」という言葉が響いていた。僕の声なのか、エリーザの声なのか、分からなかった。

草地にたどりついた。ねじ曲がった常盤樫の幹を、軽業師のような手並みで登っていく。今度はさっきよりも高く登り、じゅうぶんに太い二本の枝のあいだで体勢を整えた。この時になって僕はふとうろたえた。なにする気だよ、なぁ、マルコ、なにをしようとしてるんだよ？

顔を上げた。小川の反射する光に目がくらむ。僕は額に手をかざした。はじめはピントが外れたようだったその光景は、すぐに耐えがたいものになった。男がエリーザの上に馬乗りになり、高く上げた手をエリーザの顔に勢いよく振り下ろしている。エリーザは、重たい岩に下敷きにされた動物のようにもがき、唯一自由のきく歯と頭で自分の身を守っていた。エリーザが叫んでいる「助けて、放してよ、人でなし！　助けて！」男の方は、笑っているのか泣いているのか分からなかった。エリーザの叫びの合間に、ひどく低い声で話している。

僕に聞きとれた言葉は、これだけだった。「ばか野郎——まだ騒ぐようなら——殺すぞ！」

そして僕は、狙いを定めた。

肩に銃を強く当てろ。父さんの声が言った。

僕は目を閉じ、引き金を引いた。

25

もつれ合い楽しげに、鐘の音は広場へと降りそそぎ、炎の舌を激しく揺らした。その音色は夜にむかってなだれこみ、はるか遠くの小道や峡谷まで響き渡った。ということは、赤ん坊が生まれたのだ。僕は気をつけをする兵隊のように、勢いをつけて立ち上がった。

教会から出てきた人たちが群れをなして、炎のまわりを行ったり来たりし、「ブオン・ナターレ」と祝いの挨拶を取り交わす。お祖母ちゃんが僕を抱きしめにやってきた。母さんとピッコラがやってきて「ブオン・ナターレ、ブオン・ナターレ」と祝いを告げ、そのあいだ、僕の髪に降りかかった灰を手で払ってくれた。「髪が白くなって、お父さんのお兄さんみたいだよ」ピッコラが僕に言った。

まず、玄関の前の階段が人で埋め尽くされた。それから、炎を中心にいくつもの輪ができる。まるで無声映画のように、人びとは音もなく唇を動かし笑いあっている。鐘はなおも、耳をつんざくような音色をのびのび鳴らしつづけていた。

お祝いの洪水にもまれ、家族の姿を見失ってしまった僕は、耳が砕かれる思いをしながら、ひとまず炎のまわりをぐるりとめぐり、頬にキスをし、頬へのキスを受け、手を握りあって笑った。

鐘が鳴りやんだとき、ビールの最後の一ケースの隣に、僕は父さんの姿を認めた。父さんは、風がとぎれとぎれに運んでくる熱のこもった空気を楽しんでいた。

「お前を待ってたんだ」父さんは言った。

今までどこにいたのかと僕は訊いた。

「これを取ってくるために、家に寄ってきたんだよ」父さんは答えた。そして僕の前に、栗色の、合皮の旅行鞄をかざしてみせた。

よりによってナターレの夜に、いったい旅行鞄がなんの役に立つのか、父さんに問いかける暇もなかった。父さんの突然の振る舞いが、僕をひどく狼狽させた。今までにない仕方で、僕のことを抱きしめたのだ。重い病気から快復した息子に父親がしてやるような、優しさのこもった抱擁だった。

「ブオン・ナターレ、ビル」僕の耳もとで父さんが囁いた。僕は返事をした「ブオン・ナターレ、父さん」父さんに締めつけられ、腕が脇腹に張りついていた。僕はすっかりまごついてしまった。かりに、父さんを抱き返す勇気が湧いたとしても、思いどおりに腕を動かすことはできそうになかった。

「ついさっき、エリーザに電話したんだ」ようやく父さんが口を開いた「祝いの言葉とキスをマルコに伝えてくれって、俺に頼んでたよ」

父さんは僕のおでこにキスをした。僕は相変わらず身動きができなかった。エリーザはフランスの友だちとナターレを祝っているところだと、その恰好のまま父さんが言った。エリーザは少し前からパリで暮らしていた。帰郷の旅の途中、父さんはエリーザのもとで丸一日を過ごした。二人はモレーナの墓にバラの花束を供え、それから、エッフェル塔のレストランで食事をした。エリーザと父さんは長いあいだお喋りをした。もちろん、エリーザはパリで元気にやっている。僕たちの家にいるときと同じように。パリへ帰ることはエリーザにとって必要な一歩だった。どうしても必要だった。けれどエリーザは、家を懐かしく思う気持ちがこんなふうに、全身をちくり、ちくりと刺してくるとは、旅立つ前は考えてもいなかった。家族を思い、眠れない夜を過ごすこともあった。僕たちをまた抱きしめる瞬間が、待ち遠しくて仕方ない。

エリーザは父さんにそう語った。

僕はそのとき、自分にとって最悪の記憶を炎にくべてしまいたい衝動に駆られた。僕は胸のうちに弁明の言葉を探した。ああするしかなかったんだ、父さん。でなきゃあいつは、エリーザを殺していた……男は前のめりに倒れ、僕はエリーザを助けに駆けつけた。砂利の上でうつぶせになっている男のことは放っておいた。わき目もふらずに、僕たちは逃げた。けれどその前に、スペルティーナの頭を撫でて、体を少し揺すってやった。あいつはしぶしぶ起き上がった。ただ気絶してるだけだったんだよ、父さん、神さまのおかげでね。スペルティーナは僕らのあとを、酔っ払いみたいな足どりでついてきたんだ。

それからエリーザは、あの朝になにが起きたか僕に聞かせてくれた。まだエリーザが眠っているとき、男は開け放してあった窓から部屋のなかへ押し入ってきた。やりなおそうとエリーザに懇願する。けっして諦めようとしない。われを忘れている。

エリーザのきっぱりした拒絶の返事を聞き、男は手の甲でエリーザの鼻を打った。エリーザは獣のように抵抗し、男の顔と腕を爪で引っ掻く。男は何度も謝罪の言葉を口にした。ハンカチを取り出して、血の流れるエリーザの鼻を押さえた。「すまない、すまない、自分になにが起きているのか、分からないんだ」少し前から、もはや自分ではなくなってしまったと男は言った。そしてエリーザは、それを知っていた。この数ヶ月、男は度重なる電話でエリーザを煩わせていた。エリーザと話したかった。電話口でいつもこう言っていた「お前と話がしたいんだ」男はフィリッポに嫉妬していた。エリーザと別れてから、心穏やかだったことは一度もない。もしエリーザが望むなら、すぐにでも妻と別れると男は言った。

この日も、だいたいのところ似たような話を繰り返した。エリーザは答えた「もう遅い、もう遅いわ」すると男は、自分といっしょにヴァルキウーゾに来てほしいとすがった。「最後に、もう一度」男は言った「一時までには、昼食の時間には家に帰す。頼む。ただ、お前と落ち着いて話したいだけなんだ。これで最後だ。俺たちがお互いに幸福だった、あの場所で」「もう遅いわ」頑なに、エリーザは答えた。すると男はまた懇願をはじめ、落ち着きを失い、何度も、何度も、エリーザに頼みこんだ。

エリーザがけっきょく承知してしまったのは、憐れみのためというよりも、これを最後にきっぱりと男から離れられると考えたからだった。迂闊だった、たしかに。けれど、自分を愛していると言い、自分もまたかつては深く愛していた男があんな行動に出るなんて、どうして想像できただろう？

十一時半ごろ、二人は家を出た。

パラッコの路地にひとけはなく、聞こえてくるのは楽隊の陽気なマーチだけだった。

ヴァルキウーゾにつくと、男はふたたびエリーザを宥めようと試み、二人でともに過ごした楽しかった時間をエリーザに思い出させようとした。けれど、エリーザが男のキスを拒むたび、男の態度は硬くなった。すべて終わった、もうずっと前から愛していないとエリーザは言い募った。男はますます凶暴になり、エリーザをきつく抱きしめた。

エリーザは家に帰るために男の手を振りほどこうとした。男はエリーザを殴り、血に染まったハンカチでエリーザの手首を縛り上げた。もしスペルティーナが現われなければ、男はエリーザを犯していただろう。そのしばらくあと、二連射の小さな弾丸に肩を撃ち抜かれていなければ、きっとエリーザを殺していただろう。

銃弾を受けた男は、そのままエリーザの上へ崩れ落ちた。もう、動かなかった。死んだように見えた。シャツの背中が一面、血に染まっていた。

家に着き、エリーザは救急病院に匿名の電話をかけた。「ホラの近くのヴァルキウーゾに、怪我人がいます。猟師をやっているわたしの兄が誤って撃ったんです。その人を猪と取り違えてしまって」電話を切るとき、ようやくエリーザは笑みを浮かべた。

後から聞いたところでは、平野から小川を遡って救急隊がヴァルキウーゾに駆けつけたのは、それから一時間もあとのことだったらしい。救急隊員は、怪我人も動物も見つけられなかった。その場に残されていたのは、砂利の上の血の跡だけだった。

こうして、村の誰一人として、この出来事を知ることはなかった。母さんを除いて、誰一人。

ザンポーニャ吹きが演奏をはじめ、父さんは僕から身を離した。「また後でな。今は、やることがあるんだ」そして、生きたプレゼーピオの方へ歩いていった。僕は人ごみのなかでも父さんを見分けられた。教会正面の庭を、身振り手振りで話しつつ、栗色の鞄を抱えてあちこち移動しているような人物は、父さんだけだったから。

牛や羊やロバが鳴き、スペルティーナが吠えていた。生きたプレゼーピオに父さんが指示を出す。小屋の入り口の上に貼りつけられた銀紙の彗星が、時おりカメラのフラッシュを受けて瞬いている。彗星の隣では、ベニヤ板で作った二体の天使の張りぼてが膝を折っていた。天使に扮した二人の子供を支えるには、あの小屋はいささか頼りなかった。だから仕方なく、張りぼての天使で代用したらしい。小屋のなかでは石膏の赤ん坊が安らっている。マリアとヨセフの愛に満ちたまなざしにくわえて、牛とロバの吐く息が赤ん坊の体を暖めていた。マリアの役を務めているのは、村いちばんの美人だった。若き聖母は、ナターレにふさわしい優しい微笑みを振りまいていた。ほどかれた髪が肩の上で波打ち、身に羽織る青い絹のマントに星が描かれている。たいするヨセフは髭もじゃの羊飼いで、相当に年を食っていた。かくも重要な役回りを振られたせいで、たくさんの冷やかしの眼差しにさらされることになり、すっかりどぎまぎしている。そのなかで唯一、身じろぎせずにじっとしているのは、藁の上で裸のまま光を放つ、微笑みを浮かべたバラ色の赤ん坊だけだった。

外では、祭りのための古風な布に身を包んだ六人の少女たちが、ナターレのヴァッリアを歌っていた「ロイマ・ロイマ、ヴァシャ、ヴァレ。クリスティ・ウ・レ・テ・アト・ナタレ。エ・ウ・レ・テ・ニア・グルト・エ・レ。パ・シクティナ・エ・パ・ファスケ」こんなふうに歌いながら、輪になって踊りのステップを踏んでいる。

赤ん坊にキスをするため、ダミアーノ神父が教会を出て小屋へ向かう途中、ふたたび鐘が鳴りはじめた。たぶん、急に吹き上がった風に揺られたか、あるいは、どこかの若者が悪戯をする気になったのだろう。ナターレの炎、そこに集まる人びと、プレゼーピオの登場人物たち、さらには贈り物や動物たち、スペルティーナや旅行鞄にまで、ダミアーノ神父は祝福を捧げた。そして、両手を遠くから炎で温めた神父があらためて教会に入ろうしたそのとき、父さんの図太い声があたりに響きわたった「友よ、ブオン・ナターレ」

ダミアーノ神父をはじめ、皆がいっせいに声の方へ顔を上げた。

父さんは階段のいちばん上の段まで移動した。あたりを見まわし、僕を探している。僕が父さんを見つめ、父さんの声を聞いていることを、しっかり確かめようとしている。背筋を伸ばした姿は威厳に満ち、舞台の中央に立つ名俳優のようだった。世界中に向けて父さんは叫んだ「みなさん、俺はもう、発たないことに決めました。いつまでも、俺の家族やみなさんといっしょにホラにいます。こいつはもう、必要ない」こう言って、誰ひとり予想もしていなかった行動に出た。力任せに、鞄を宙に放ったのだ。

狙いどおりに蹴られたボールのように、鞄は火花のなかで回転し、炎のまんなかへ落ちていった。火のついた大きな炭が激しい音とともに砕け散り、火花がミツバチの群れとなってそこらじゅうに広がった。鞄はゆっくりと溶けていき、やがて炎のはらわたに吸いこまれ、そして消えた。

この瞬間、もうひとつの祭りがだしぬけに始まり、それは一晩中ずっとつづいた。ザンポーニャの音色が添えられた歌や踊り、ヴァッリアやタランテッラ、飲みきれないほどのビール。教会の近くに住む人たちが、灰のなかで焼くためのじゃがいもと栗、それにワインのボトルを持ってきた。

僕は踊りの人波のなかにピッコラを見つけた。母さんやお祖母ちゃんは、まるで屋敷の主人みたいに、周りの人びとにワインを注いでまわっていた。すっかり小さくなったナターレの炎が、太陽のような姿に変わっている。ぎっしり中身の詰まった炭火は、さっきまでより体をしっかり温めてくれるように僕には思えた。父さんは目いっぱいに声を張りあげ、笑い、歌っている。酔っぱらっているようにも見えるけれど、ほんとうはそうじゃない。父さんは幸せなんだ。そう、この世でいちばん幸せな元移民なんだ。いっぽうの僕は、少し酒がまわったらしく、なんだか頭がくらくらした。炎や、父さんや、母さんや、ピッコラや、お祖母ちゃんを見つめ、なんとか喜びを抑えようとした。夢でないことを確かめるために、軽く頬をつねってみた。

この場に、エリーザだけが欠けていた。

しばらくして父さんは家に行き、サルチッチャ、ソップレッサータ、イワシ、ハム、プローヴォラ、焼きたてのパンとタラッリが入った籠を抱えて戻ってきた。父さんがフランスから持ち帰った、二本のコニャックのボトルもいっしょだった。父さんは、祭りが自分のために催されたような気分でいた。父さんと赤ん坊は二人まとめて、ナターレの炎の前で生まれ変わった。

僕たちの海から太陽が昇る少し前、父さんは僕ひとりを部屋のすみに呼び、その夜に見るだろう自分の夢を僕だけに明かしてくれた「フランスで貯めた金で、小さなセメントブロックの工場を建てようと思うんだ。ここを下った川べりのあたりだよ。あそこならいい砂が、好きなだけ採れるからな。お前、どう思う？　ずいぶん前から計画を練ってたんだ。いい考えだと思うか？」

「最高だよ」僕は熱っぽく答えた。

「そうすれば、とりあえずお前は、移住する必要はないもんな」

その言葉に、すっかり同意したわけではなかった。けれど僕は、ただ父さんを喜ばせるためだけに頷いてみせた。そのあいだ、スペルティーナがまた僕の足もとで丸くなった。僕はあいつを撫でてやった。自分を待ち受ける未来を、僕は直感していた。突き詰めて考えるなら、それは僕にとって、少しもつらいものではなかった。

いつの日か、僕は合皮の鞄を買うだろう。正確を期するなら、十八歳と七ヶ月のとき。父さんは僕に、その鞄をどうするのかと、なにも分からない振りをして訊いてくる。言葉の代わりに、僕は困ったような笑みを浮かべる。拳銃を握った形の拳をこめかみに近づけ、父さんが口を開くのを僕は待つ。

言葉も、忌わしい記憶も、ナターレの炎さえも消し去ってしまう遠い夢のなかで、父さんは少しのあいだ、身動きがとれずにいる。そしてついに、生まれながらのちんぴらの横柄な声で、言うのだ「聞けって、ビル。行くなよ」

著者あとがき――祭りの帰還*

『帰郷の祭り』は、虫の羽音のように、長いあいだ私にまとわりついて離れなかった物語です。それこそ、私が物を書きはじめたばかりのころ、移民としてドイツに暮らしていた七〇年代から、その羽音は聞こえていました。物語の舞台は明確にイメージできていました。つまり、私が生まれたアルバレシュの村です。この村は十五世紀の終わりごろ、オスマン帝国の侵略から逃れてきたアルバニア人たちの手で、南イタリアのカラブリア州に創建されました。故郷を捨て、移住を余儀なくされることへの怒りを、作品に書こうと決めていました。移住とは、何百万というイタリア人が共有してきた経験です。そのなかには私の祖父や父、多くの親戚、ほとんどすべての幼なじみが含まれています。けれど残りの点にかんしては、本の内容は錯綜としたままでした。まさしく羽音のようなものです。私にとっては、必要ではあるけれど、しつこく耳を悩ます厄介な音でもありました。本書の執筆に着手するより前に、試し書きをすることもしませんでした。なぜなら、私はこの物語を一息に語ってしまいたかったからです。材料はすべて揃っていました。けれど、息せききって語るための声だけが、足りていませんでした。

だから私は、木に実る果実が味わい深く熟すように、物語が成熟するのを待ちました。別の物語を書いているとき、その瞬間は唐突にやってきました。私はマルコという少年の瞳をとおして、大きな炎が散らす火花を眺めていました。その隣には、胸にしまいこんだ秘密を急いで語ろうとする、マルコの父親の姿がありました。少年の足もとで、一匹の犬が丸くなっています。おそらく眠っているのでしょう。あるいは、少年の父親の話に、熱心に耳を傾けているのかもしれません。

冒頭の場面にかんして、欠けるところのない澄んだ情景が思い浮かばないかぎり、私は小説を書くことができません。炎の情景を見出すなり、私は一気にこの物語を書き上げました。マルコに語りかける父親と同じくらい、切迫した思いを抱えて書き進めました。とはいえ、どの著作でもそうなのですが、その後の数年間にわたって、たくさんの個所を手直ししました。私にとって書くことは、書き直すことにほかなりません。職人の謙虚さと頑固さをもって、仕事に取り組んでいくのです。必要とあらば、前に書いた文章を改変し、できるかぎり枝葉をそぎ落とします。それでも、最初に思い浮かべたイメージを裏切ることはしません。なぜならそのイメージが、語り手の吐息と眼差しに力を与えるからです。

物語のはじめから、マルコは自分のまわりの世界を、見つめるたびに再創造するかのように語っていきます。マルコは純粋な眼差しで、事物の神秘的な側面を見つめます。おそらくはそのおかげで、多くの痛みにもかかわらず、彼は幸福な少年なのです。この少年は父親の語りをとおして、家族の記憶、集団的な記憶を取り戻し、未来へ向かって脇目も振らずに進んでいきます。

もっとも、これらはすべて後づけの解説です。執筆が終わり本が出版されてから、私の頭に浮かんだことです。実際には、小説を書くあいだ、私は物語のアウトラインも、作中で展開する主題の一覧表も用意しません。私は単純に、なによりも自分自身の心を震わせる物語を語りたいと思っています。そうでなければ、心の震えを読者に伝えることは困難だからです。おそらく、このような理由から、私は自身の経験をもとに語ることを好むのでしょう。私もまたマルコのように、移民の父親の息子でした。厳しい自然に囲まれながら、アルバレシュの村で自由に育ちました。子供のころから、朝のうちに愛犬のスペルティーナと出かけ、食べるときと寝るときしか家に帰りませんでした。

けれど書き進むにつれ、物語はひとりでに歩みはじめました。語りのリズムも、物語の結末も、登場人物たちに委ねられます。事前に構想されていた道程に縛られることなく、小説のなかの人びとは自由に振る舞ってみせます。まるで、肉も骨もある本物の人間になったように、各人が自身の声と言葉を獲得するのです。

書き手や読み手の心を震わせるという意味において、小説の成功は、言葉が本物になるかどうか、すなわち、信じるに足るものになるかどうかという点にのみかかっています。だから私は、紙の上に話し言葉を再現することを目指し、会話の場面に大きな労力を注ぎました。もちろん、簡単な作業ではありません。私の言語、つまり『帰郷の祭り』の登場人物たちの言語は、母語のアルバレシュ語、学校で習うイタリア語、移民たちのドイツ語（この本の場合はフランス語）、そしてカラブリア方言から構成されています。カラブリア方言に多く見られる、ギリシア語、アラビア語、スペイン語、フランス語を語源とする言葉に、私は深く魅了されています。こうしたイタリア語でない言葉たちは、私の最初期の短篇においてすでに、ごく自然にページのなかで絡まり合い、肩を並べ合っています。それから何年も後、まさしく『帰郷の祭り』を書いていたとき、私はようやくその重要性を理解しました。そうした言葉は、物語を水面に浮かび上がらせるための生餌なのです。ひとつ、具体的な例を挙げましょう。スペイン語を語源とする、「崖っ子（varroncàro）」という方言があります。いつも畑や峡谷をぶらついている、「野蛮な」少年を指す言葉です。このカラブリア方言が、自由で怖いもの知らずだった少年時代（まさしく「崖っ子」として過ごした日々）の物語を、水面下から引き上げてくれました。

けれど私は、ひとつの文章のなかで混ざり合う複数の私の言語を、読者にとって理解可能なものにするよう心がけています。異なる言語の混在が、物語を楽しむ妨げになってはいけません。アルバレシュ語は、文脈から意味を推測できるようにしてあります。意味の把握が難しいと思われる個所では、イタリア語の挿入句により文意を明らかにすべく努めています。注釈は一切つけていません。なぜなら私の母語は、イタリア語と同じ尊厳を備えているからです。

こうした書き方は、語りのリズムや調子に避けがたく影響をおよぼします。ただしそれは、自分の書くものに土俗の色合いをつけたり、流行りに乗って異国趣味を演出したりすることを目的としているわけではありません。私がこのような書き方をするのは、物語に絡みつく感情を、登場人物の血そのものである言語によって語るためです。少年の父親が、フランスの鉱山での経験や若き日の恋について語るとき、その言葉には独特の音色が宿っています。父親の口から流れ出る「混成の」言語は、隠喩や象徴に豊かに彩られ、標準イタリア語では到達しえないだろう深みまで達しているはずです。

小説の舞台である「ホラ」はアルバレシュの村です。わたしがこの土地に惹かれるのは、ホラに暮らす人びとが多文化・多言語の日常を生きているからです。ホラは小さな世界ですが、人生の重要なテーマをその内部に孕んでいます。そしてホラは、多くの物語が交差する場所でもあります。こんなにも小さな空間に、どれほどの物語が浮遊していることでしょう！　これらの物語はたいていの場合、旅立ちと帰郷に結びついています。そしてつねに、社会の抱える問題に深く根を下ろしています。

父と息子の関係が、この本の中心に据えられています。炎の前で、二人は和解を試みているように見えます。精神的なだけでなく、身体的な近しさを取り戻そうとしているのでしょう。直接に抱擁を交わしたいという強い願いは、距離に邪魔をされて長いあいだ叶わずにいました。二人は一年の大半を異なる世界で過ごしています。それでもやはり、二人の結びつきは強固であり、そこに対立はありません。言葉にはしなくとも、二人はたがいに敬意を払い、たがいに愛情を抱いています。誰にも明かしたことのない内奥の秘密を含め、それぞれの人生について語り合ったとき、二人はついに距離を縮め、たがいを認めるにいたります。

『帰郷の祭り』のほんとうの父親は、今ではもう、旅立つことも帰郷することもできません。老衰で亡くなったからです。父と子は実際に、本に書かれたとおりの形で和解を果たしました。そうした事情もあって、私はこの作品に深い愛着を抱いています。そしてまた、本書の生命力は今もなお、私を驚嘆させつづけています。『帰郷の祭り』は十年前に、「ピッコラ・ビブリオテーカ・オスカー」の一冊として刊行され、最近になって複数の国で翻訳が刊行されました。モンダドーリの廉価版のシリーズからカンピエッロ賞の候補が出た、これまでで唯一の例ではないでしょうか。カンピエッロ賞のファイナリストを選出する「読者審査」で、『帰郷の祭り』は一位を獲得しています。それはまるで、八年後の『風の丘』によるカンピエッロ賞受賞へつながる前奏のようでもありました。CGIL（イタリア労働総同盟）が結成一〇〇周年を迎えた際には、アンジェロ・グリエルミとマリア・セレーナ・パリエーリにより、「労働の世界を描いた優れたイタリア語小説八選」に選出され、「ウニタ」紙の付録として多くの読者へ届けられました。そしてついに、初版刊行から十年後、モンダドーリはこの作品の判型を変え、もっとも名誉あるシリーズに再収録しました。業界の常識に倣うなら、書籍はまず大きな版型で出版され、その後に小さな廉価版が刊行されます。『帰郷の祭り』は、通常とは反対の道筋をたどったというわけです。それにより、今日の読者が本書に出会う新しい機会が生まれました。

若い読者はこの作品のなかに、たとえば移民のような、私たちの日常にかかわるきわめて現代的なテーマを見出すでしょう。要するに、多くの幸運に恵まれた作品です。私にとっては護符のような小説で、出版社から与えられた貴重な贈り物でもあります。

告白するなら、新しい版を出すために本書を読み返し修正しているあいだ、新しい章をいくつか加え、私たちの生きる現代まで物語を延長したい誘惑に駆られました。けれど、けっきょく私は断念しました。なぜかというと、もしそのような手直しを加えたなら、本書は「帰郷の祭り」というより、「旅立ちの詩」とでも呼ぶべき作品に変わってしまうと悟ったからです。すなわちそれは、私がいつの日か書くであろう、また別の物語です。

最後に、私と強いつながりのある、本書のタイトルについて触れておきます。この題名は、私の村で毎年の夏に開かれる、現実の祭りに由来しています。私と村の友人たちがはじめてこの祭りを企画したのは、今から二十年前のことです。村に留まる人たちと、村から発つ人たちが、出会い、対話するための場を作ることが目的でした。けれど、この題名に込めた意味はもうひとつあります。「帰郷は痛みでもある」という指摘を真実として受け入れた上で、私はやはり、歓喜と祝意に満ちた帰郷の側面に光を当てたかったのです。私にとっては子供のころから、帰郷とはそのような瞬間でした。父が外国から帰ってくるなり、私の家は祝祭の雰囲気に包まれました。そして今日、北イタリアから故郷に帰る私もまた、父と同じ経験をしています。父と子の和解の旅は、今もつづいているということです。

突き詰めて考えるなら、私たちは帰郷という営みをとおして、自分たちを形づくる大切な欠片に再会します。その欠片には私たちの物語が、なによりも深く強い私たちの記憶が、優しく包みこまれています。

カルミネ・アバーテ

＊「著者あとがき」は、二〇一四年刊行の改訂新版のために加筆されました。「祭りの帰還（**il ritorno della Festa**）」という表現は、小説の題名『帰郷の祭り（*La festa del ritorno*）』の語順を入れ替えた言葉遊びです。

訳者あとがき——父の背中、息子の眼差し

本書『帰郷の祭り』（*La festa del ritorno*, Oscar Mondadori, Milano, 2004）の語り手が暮らす南伊の小村「ホラ」は、著者の生まれ故郷であるカルフィッツィをモデルにしたアルバレシュ共同体である。長篇デビュー作『円舞』（*Il ballo tondo*, Marietti, Genovam 1991）や、今春に邦訳が刊行された『偉大なる時のモザイク』（*Il mosaico del tempo grande*, Mondadori, Milano, 2006）をはじめ、アバーテはこれまでに繰り返し、ホラを舞台とする物語を手がけてきた。「著者あとがき」にもあるとおり、ホラ（＝カルフィッツィ）は十五世紀末、オスマン帝国の支配から逃れてきたアルバニア人たちにより創建された部落である。ホラと同様の歴史的背景を持つアルバレシュ自治体は、シチリアやカラブリアをはじめ、南イタリアの各地に点在している。

『帰郷の祭り』にアバーテが込めた思いは、「著者あとがき」のなかでじゅうぶんに説かれている。そこで以下では、本書とほかの著作との関連性を検討することにより、アバーテの文学における『帰郷の祭り』の位置づけを明らかにしていきたい。

アバーテの手がけた全長篇のうち、『帰郷の祭り』はもっとも自伝的な色合いの濃い作品で

ある。著者同様、出稼ぎの移民を父親に持つ少年の眼差しをとおして、帰郷の喜びや旅立ちの痛みが綴られている。「移住」はアバーテの文学の中心に位置する主題のひとつであり、作家の想像力の源泉でもある。ただし、移住について書く際のアバーテの筆致は、最初期の作品から『帰郷の祭り』へと至る過程で、少しずつ変化していっている。

「著者あとがき」によればアバーテは、「故郷を捨て、移住を余儀なくされることへの怒り」を書くつもりであったという。実際、一九九三年に出版された短篇集『壁のなかの壁』（*Il muro dei muri*, Lecce, Argo, 1993。一九八四年に刊行されたドイツ語による短篇集『鞄を閉めて、行け！』のイタリア語版）を読むと、「怒り（rabbia）」がアバーテの初期作品の重要なモチーフであったことがよく分かる。著者は南伊プーリア州のバーリ大学を卒業した後、父親と同じようにドイツへ移住している。『壁のなかの壁』に収録された短篇はいずれも、移民としてドイツで暮らした経験をもとに書かれたものである。同書の短篇「人はいかにして茨になるか」より、移民の置かれた境遇が窺い知れる描写を引用してみよう。

「ここではお前は外人だ。連中はなんの遠慮もなしにお前に言うだろうよ。〈おい、泣き言を並べたいなら、自分の国に帰ってやってくれ〉[1]」

家でも、叔父さんの家でも、「イタリアセンター」でも、僕たちはみんな犠牲について語っていた。僕たちはみんな、犠牲を捧げていた。[2]

よくよく考えてみると、自分がこんなにも愛国的になったのは、生まれてはじめてのことだった。移住してからというもの、僕にとってイタリアは、棘のないバラのような存在になっていた。たぶん、「K」で働いているほかの外国人も、似たような経験をしていたのだろう。[3]

移住先の社会で味わう疎外感が、記憶のなかの祖国の美化につながり、ナショナリズムの培地を生み出す。これは、移住という経験が持つ普遍的な側面のひとつである。引用部分で語り手が口にしている「犠牲（sacrificio）」とは、移民の人生について語るうえで欠くことのできない言葉である。移民、とりわけ、家族と離れて暮らしている出稼ぎの移民は、自分以外の誰かの人生を豊かにするために、自分自身の人生を犠牲にしている。『帰郷の祭り』の語り手の少年にとっても、犠牲はすでに耳慣れた言葉である（「ずっと前から、僕には分かっていた。僕たちみんなのために、僕たちの未来のために、フランスで生活する父さんがどれほどの犠牲を捧げているか」本書三六頁、「父さんの友人はたいていが、ドイツに移住したことのある人たちだった。ドイツに暮らすあいだに捧げた犠牲について、彼らは語った」本書一三二頁）。

アバーテの父親は、移民として生きる痛みと苦しみを深く理解していたからこそ、息子には自分と同じ人生を歩ませたくないと考えていた。『壁のなかの壁』に収録された短篇「かなたの偶像」には、作家の父親をモデルにしたと思しき移民が登場する。

移民として十五年を過ごした今、父さんはほとんどすべての計画を実現させていた。新しい家を建てること、たっぷりの婚資といっしょに娘を嫁がせること、測量士の立派な資格を息子に取得させること。はじめは、七、八年もすれば帰国するつもりだった。けれど父さんは魔法使いではない。それに、故郷の景気が良くなるどころか、ますます悪化するなんて、移民になったころは想像もできなかった。(……)「俺が戻ったら、俺たちみんな、家の壁を食う羽目になるぞ」だから父さんは、移民をやめるわけにはいかなかった。父さんはまだ、ドイツにいた。[4]

そんな父のもとを、語り手の青年が訪ねに行く。父の仕送りのおかげで無事に大学を出たものの、故郷のカラブリアには職がない。そこで彼は、父親と同じようにハンブルクで働こうと決意する。けれど父は、息子の考えを一蹴し、すぐにイタリアへ帰るように命じる。

「いいからもう寝ろ。疲れてるだろ。明日は八時の特急でミラノに戻れ」これが、痛ましい沈黙の後に下された結論だった。「故郷で母さんといっしょにいろ。職がなくたっていい。そんなことはどうでもいいんだ。金は俺が送ってやる。お前はすぐに発て……」それから父さんは、老いた賢者のような雰囲気を漂わせつつ締めくくった「……移住というのは、不治の病みたいなもんだ。いったん取りつかれたら最後、二度と振り払うことはできないんだよ」[5]

『壁のなかの壁』において、アバーテはもっぱら、移住に備わる負の側面を描くことに注力している。移民はあたかも、十字架を背負うキリストのようにして、家族の未来のために自らの日々を犠牲にする。けれど、『帰郷の祭り』のマルコ少年も言うように、幼い子供にとって未来とは「中身のない空っぽの言葉」（本書三六頁）に過ぎない。なぜ人は、未来のために故郷を捨てなければならないのか。少年のころから胸に住みついていたこの疑問を、著者はやがて文学の形へと昇華させていく。

一九七〇年代後半から九〇年代半ばにかけて、アバーテは詩の創作にも取り組んでいた。それはちょうど、作家が移民としてドイツに暮らしていた時期に重なる。小説の場合と同じく詩においても、「移住」の主題は中心的な役割を担っている。「故郷から」と題された一篇では、移住先と故郷のあいだを渡り鳥のように行き来する著者や友人たちの境遇が、哀切な響きをもって歌われている。

故郷から

親愛なるマリオ、僕はまた、空を眺めてみた
——あのとき、きみが指さしてくれたのと同じ
流れ星、小熊座、大熊座の見える、あの空を——
僕の探している答えはそこにはないと
もういちど、確かめるために

そう、もしきみが、移民ではなかったなら
もし僕が、移民ではなかったなら
(……)
失業者といっしょに、ブリスコラをして遊んでいる
年とった農夫たちに、僕は再会した
僕たちの家を建てる闇労働の職人に、
ドイツで生まれた赤ん坊のための
幼稚園を計画している役人に、僕は再会した

まるで僕らが、移民ではないかのように
（……）
けっきょく僕は、幻想を墓に埋めた
（叫んでみたい気がするんだ、「さぁ、帰ろう」）
感傷にまみれたつながり――怒りに染まり、そして、その後は？
ただひとつのこの空の下、ひどく、ひどく感傷的な
カラブリアの大地

まるで僕らが、移民ではないかのように[6]

もし自分が、移民ではなかったなら。もしきみが、移民ではなかったなら。そのとき僕らは、故郷でどんな時間を過ごしていただろう。故郷でどんな人生を築いていただろう。詩のなかの「もし」という言葉には、祈りにも似た響きがある。詩の言葉が、ほんの束の間、「自分が移民ではない世界」を招来する。けれど歌い手は、すぐにそうした幻想を「墓に埋める」。詩の終わり近くには、アバーテの創作を駆り立てる「怒り（rabbia）」の感情への言及がある。それは、旅立ちを強いられた人間の、自らの宿命にたいする怒りである。故郷へ深く、強く根を張っているからこそ、別離の痛みはいっそう切実なものになる。著者の父へ捧げられた「ジェルマネ

ーゼ」という一篇には、道路工事現場の労働者として、「怒り」をこめて大地を打ちつける移民の姿が描かれている。[7]

ジェルマネーゼ

僕は見ていた。父さんが汗だくになり
固い地面に、つるはしを打ちこんでいる
力をこめて、怒りをこめて
踏みつけにされ岩となった花を、砕いている
（……）
光に満ちた日々の灰色が
新参者の微笑みのなかに
消えていった。
色褪せた夢が芽吹き
過去と未来が
乾いた傷のなかで凝固した
（……）

現在に生きることは
難しい[8]

かつて故郷で幸せな日々を過ごした記憶（過去）。いつか故郷で幸せな日々を過ごそうという期待（未来）。移民の生活を支えているのは、「過去」と「未来」という二つの時間である。「現在」を生きることを知らない（あるいは望まない）出稼ぎ移民は、移住先と故郷のあいだ、「過去」と「未来」のあいだを絶えず行き来し、空間のなかにも、時間のなかにも、安住すべき場所を見つけられずにいる。新参者の移民は、希望をもって故郷をあとにしてきた過去の自分であり、打ちしおれた今の自分は、新参者の未来の姿にほかならない。移住の宿命は世代を越えて反復され、未来と過去は「乾いた傷」のなかでひとつになる。

これまでに見てきた例からも分かるとおり、アバーテの初期作品の多くは、自身や父親のドイツにおける体験をもとに書かれている。一方で、一九九一年に刊行された長篇第一作『円舞』は、移住先の土地ではなく、著者の生まれ故郷であるアルバレシュ共同体（ホラ＝カルフィッツィ）を舞台にしている。アバーテはこの作品のなかで、それまでの短篇や詩には見られなかった、「共同体の起源の探求」という主題を取り上げている。これはその後、『スカンデルベグのバイク』（*La moto di Scanderbeg*, Fazi, Roma, 1999）や『偉大なる時のモザイク』へ引き継がれていく、アバーテ文学の核心と呼ぶべき要素のひとつである。

『円舞』の語り手であるコスタンティーノは、『帰郷の祭り』のマルコと同じく、出稼ぎ移民を父に持つ少年である。コスタンティーノには二人の姉がおり、彼女たちが嫁ぎ先を見つけるまでの過程が、小説のプロットを構成する主たる要素になっている。出稼ぎ移民の父親が故郷の家族のために犠牲となる構図は、すでに見た短篇作品や『帰郷の祭り』と同断である。

『円舞』の世界を特徴づけているのは、物語の要所に挿入される四篇の「ラプソディア（rapsodia）」である。ラプソディアとは「朗唱のための叙事詩」を意味するイタリア語表現であり、アバーテの作品においては、アルバレシュ共同体に伝わる口承の物語詩を指している。アバーテは幼いころより、村の老婆たちが歌うアルバレシュ語のラプソディアに、好んで耳を傾けていた。長じてからは、カセットレコーダーを肩にかけ、ラプソディアを録音してまわることさえあったという。[9]『円舞』では、各章の冒頭に配されたラプソディアが、物語の内容を暗示する仕組みになっている（いずれのラプソディアも、著者によりイタリア語に翻訳されている。ただし、タイトルだけはアルバレシュ語のままである）。第三章の冒頭を飾る「イシュ・ニア・ヤマ・シュム・エ・ミル」と題された一篇には、小説の主人公と同じ名前のコスタンティーノという人物が登場する。コスタンティーノは年老いた母のために、遠い土地に嫁に行った妹を故郷に連れ戻そうとする。

教会の扉が閉ざされるなり、コスタンティーノは墓から起き上がった。彼の上にかぶさっていた石は馬となった。コスタンティーノは馬にまたがり、骨と骨がぶつかる音を響かせ妹の家へ向かった。

（……）

「コスタンティーノ、わが兄よ！」

「ユレンディーナ、すぐにわたしと来なさい。わたしと家に戻るのだ」

「わけを教えてください、わが兄よ。悲しみのために行くのなら、黒い服を着なければいけません。喜びのために行くのなら、祭りの服を着なければいけません」

「来なさい、わが妹よ、そのままの姿で構わないから」そう言って、コスタンティーノは妹を馬に乗せた。

二人が道を行くあいだ、鳥たちがさえずっていた「生者と死者がいっしょにいる！」

コスタンティーノはこう答えた「あの鳥は愚か者だ。自分の話していることが分からないのだ」

妹が兄に言葉をかけた「コスタンティーノ、わが兄よ、わたしには悪い徴《しるし》が見えます。あなたの広い肩に黴《かび》が生えています！」

「ユレンディーナ、わが妹よ、銃の煙がわたしの肩に黴を生やしたのだ」

「コスタンティーノ、わが兄よ、わたしには別の悪い徴が見えます。あなたの巻き毛が埃にまみれています！」

「ユレンディーナ、わが妹よ、お前には通りから巻き上がる埃が見えているのだ」

（……）

二人は村に着き、教会の前を通りかかった。

「わたしは祈るために教会へ寄っていく」

妹はひとりで家の階段をのぼり、母親に会いに行った。

（……）

「あぁ、開けてください、お母さま、わたしです、ユレンディーナです！」

「わが娘よ、お前を連れてきたのは誰？」

「コスタンティーノが連れてきてくれました。わが兄のコスタンティーノが！」

「コスタンティーノ？　あの子は今、どこにいるの？」

「祈るため、教会に入っていきました」

「わたしのコスタンティーノは、死んだのよ！」

母は娘を抱きしめ、娘は母を抱きしめた。

母と娘は死んだ。[10]

作中に挿入される、暗示や象徴に満ちた不可思議なラプソディアが、物語の舞台であるホラの村に、神秘的な空気を吹きこんでいる。『円舞』の主人公コスタンティーノは、祖父リッサンドロとの日々の会話や、祖父の友人である謎めいた吟遊詩人との交流をとおして、何世紀も前から受け継がれてきたアルバレシュの伝承に惹きつけられていく。『円舞』においては、主人公の自己形成の物語が、共同体の起源の探求と密接に結びついている。自分とは誰なのかを知るためには、遠い昔に海を渡りカラブリアへと流れ着いた、アルバレシュの祖先の宿命を知らなければならない。吟遊詩人はコスタンティーノに次のように語っている。

　そこでわたしは遍歴をはじめた。あのアルバニア人と同じように、ラフタ［アルバニアの弦楽器］を弾き、古いラプソディアを歌いながら。祭りから祭りへと放浪し、自ら楽しみ、人を楽しませ、そして同時に、わたしたちは誰なのかを思い起こさせたんだ。なぜなら、あのころにはすでに、そうした記憶は忘れられかけていたからね。[11]

『円舞』における吟遊詩人は、『偉大なる時のモザイク』の登場人物ゴヤーリと似た役割を果たしている。アルバニアからホラへ亡命してきたモザイク作家ゴヤーリは、ホラの起源をモザイク画に描くことで、「偉大なる時《モティ・イ・マヅ》」の記憶を未来の世代へ伝えようとする。

　物語は、俺たちの内側や俺たちのまわりに、はじめから存在している。俺はただ、木から果実をもぎとるように、物語を集めるだけさ。そして、物語ができるかぎり長持ちするよう、モザイクの姿に留めるんだ。[12]

モザイクの欠片が一枚、また一枚と重ねられるごとに、ホラの若者たちの奥底に眠る、かなたの記憶が呼び覚まされる。それは共同体の起源にかかわる、五〇〇年前の祖先たちの記憶である。ゴヤーリのモザイク画や吟遊詩人のラプソディアは、アバーテ文学の隠喩でもある。アバーテの描く世界において、「物語」はつねに「記憶」と結びついている。それは個人の記憶というよりも集団の記憶であり、共同体の成員の過去と、現在と、未来をつなぐための手がかりである。現在を生きるわたしたちは、過去から鳴り響く「物語の震え」を聴きとることで、未来への一歩を踏み出す。物語は、連綿と流れつづける時のなかで、自らの居場所を見失わないための指針である。「わたしたちはどこから来たのか。わたしたちは何者なのか。わたしたちはどこへ行くのか」この切実な問いかけに答えるために、人は記憶に物語の形式を与え、世代から世代へと引き継いでいく。

『帰郷の祭り』のマルコ少年も、浜辺で病後の療養をしているあいだ、祖母の歌うラプソディアを聴き耳を楽しませていた。家族と離れて生きる人びと、かなたの故郷を思い涙を流す人びとの物語を、祖母は孫に歌って聞かせる。そしてマルコは、この人たちが自分の「ご先祖さま」であることを教えられる。ここで着目したいのは、マルコが祖母のラプソディアを聞きながら、自身の父親の人生を、アルバレシュの祖先たちのそれと重ね合わせている点である。

「かなた」というのは、フランスだ。僕はそう考えた。それ以外にどこがある？　お祖母ちゃんはそれがどこか言わなかった。フランスだ。そこでは、父さんが暮らしている。（本書一二〇頁）

マルコの父と、ホラを創建した十五世紀の漂流者たちは、「旅立ちを強いられた者」としての宿命を共有している。五〇〇年前の過去と現在が、移住という経験を媒介にして、少年の想像力のなかでひとつになる。これは、怒りの感情を土台に書かれた初期の短篇には見られなかった視点である。アバーテは、『円舞』や『スカンデルベグのバイク』といった長篇をとおして、「故郷（ホラ）」と「移住」をめぐる描写を深化させてきた。『帰郷の祭り』において、この二つの要素はついに有機的な結合を果たす。過去へ向けられた祖母の眼差しと、現在へ向けられた少年の眼差しのなかで、十五世紀末のアルバニアとカラブリア、現代のカラブリアとフランスがひとつの環を形づくる。この円環が、物語の時空間を拡張させ、「旅立ちを強いられた者たち」の宿命を一本の糸でつなぎ合わせる。アバーテは、次作『偉大なる時のモザイク』で「宿命の反復」という主題を再度取り上げ、これ以上は望みようがない見事な手腕で、ホラの始祖と現代の移民の声を共振させている。

「移住」の経験を、怒りよりむしろ想像力の源泉とすること。これが、初期作品から『帰郷の祭り』にいたる過程で、作家の筆致に生じた重要な変化である。二〇一〇年に刊行された二作目の短篇集『足し算の生』（*Vivere per addizione e altri viaggi*, Mondadori, Milano）には、そうした変化がより明白な形で表われている。たとえば、同書収録の短篇「ケルンの大聖堂」には、著者自身を思わせる語り手が、大聖堂に安置されたマギ（東方の三博士）の聖遺物を前にして、移民の父親を連想する場面がある。

僕は子供のころからマギの物語が大好きだった。神の御子の生誕を祝うため、贈り物を持ってキリストを探しにやってきた偉人たち。けれど僕にとって、マギにはそれ以上の意味があった。マギは不屈の精神を持った旅人だった。はてしない道を越え、世界を渡り歩き、素晴らしく美しい景色をいくつも見てきた。子供のころの僕は想像した。夜空に輝く大きな星がマギを導いていたから、道に迷う心配はなかった。子供のころの僕は想像した。家族のために仕方なく旅人となり、まずはフランスへ、やがてはドイツへ移住した僕の父さん。父さんもまた、自らの星を空に見つけ、無事に家に帰ってこれますように。要するに、僕は子供らしい純真な愛情を東方の三博士に抱いていた。あらゆる聖人のなかで、マギはもっとも神聖な存在だった。[13]

作家の父はここでもやはり、ひとりきりで外国に暮らし、故郷の家族のために働く人物として描かれている。父親と離れて過ごす長い時間は、少年時代のアバーテの想像力に決定的な影響を与えた。上に引用した箇所では、神話的な太古の時間が、書き手の生きる現在へ、少年の眼差しのなかでごく自然に接続されている。『帰郷の祭り』のマルコ少年は、父が家族の未来のために犠牲を捧げている現実にたいして、怒りと悲しみを抱いていた（「僕はただ、その物語を受け入れられないだけだった。そんなの不公平だ。残酷だ。僕はそう思った」本書三六頁）。けれど、遠くの父を思う時間が、少年の想像力を豊かに養い、身のまわりの世界を美しく彩ったこともまた、間違いのない事実なのである。

『足し算の生』に収録された「イカ」という短篇にも、「移住」が喚起する想像力の興味深い例が示されている。ホラを舞台とするアバーテの作品には、「イカ（ika）」という遊びに興じる子供たちがしばしば描かれる。これは「かくれんぼ」によく似た遊びらしいが、著者によれば、たんなる「かくれんぼ」と「イカ」のあいだには重大な違いがあるという。

イカは文字どおりには「僕は逃げた」という意味になる。この名前を聞いただけで、イカがかくれんぼよりも奥の深い逃走のゲームであることが分かるだろう。それは未知への逃走なのだ。一分で終わることもあれば、永遠につづくことだってあるかもしれない。（……）イカはまるで、僕らの将来のための訓練だった。逃げながら暮らし、たえまなく往き来をつづける生活が、大人になれば待っているから。[14]

少年時代の遊戯、キリスト教の聖人、祖母の歌うラプソディア。そのことごとくが「移住」に関連づけられ、「旅立ちを強いられた者」をめぐる物語の一部となる。それはアバーテにとって、父の物語であり、祖父の物語であり、共同体の始祖たちの物語でもある。『帰郷の祭り』の結末では、マルコのホラからの旅立ちが予告される。父の人生を反復し、移民として生きる道を選んだことに、マルコは誇りを感じている。アバーテの文学において、移住の宿命を晴れやかに受け入れる人物が描かれたのは、これがはじめてのことである。『帰郷の祭り』のエピグラフには、イタリア系アメリカ移民の第二世代であるジョン・ファンテの作品から、以下の一節が引かれている「書くためには、愛さなければならない。愛するためには、認めなければならない」[15]この表現には、初期作品から『帰郷の祭り』にいたるまでの、作家アバーテの歩みが要約されている。移住はかつてのアバーテにとって、怒りとともに書くべき主題にほかならなかった。けれど著者は、移住をめぐる文学を書きつづけるうち、「旅立ちを強いられた者」の宿命を愛し、認めることを学んでいく。その過程は、旅立つ父の背中を見送る、マルコの眼差しの変化と重なる。『帰郷の祭り』に描かれる、少年の自己形成の物語には、アバーテ文学の深化と成熟が反映されている。

本訳書の刊行にあたっては、未知谷の飯島徹さん、伊藤伸恵さんに、たいへんお世話になりました。訳者が未知谷に『帰郷の祭り』の翻訳刊行を提案したのは、二〇一三年の春のことでした。しかし、その際は権利の交渉が思うように進まず、出版は断念せざるを得ませんでした。二〇一四年秋、わたしたちはふたたび権利の交渉に臨みましたが、それはちょうど、『帰郷の祭り』の改訂新版が刊行された時期に重なっていました。わたしたちが交渉を持ちかけたとき、カルミネ・アバーテの著作権エージェントは、同書の翻訳権を日本の大手出版社に売りこんでいる最中でした。けっきょく、二度目の交渉においても、わたしたちは引き下がらざるを得ませんでした。二〇一五年春、未知谷は同著者の『偉大なる時のモザイク』の権利を取得し、今春に同書の拙訳が刊行されました。その後、原著者によるエージェントへの働きかけの甲斐もあって、今年の五月、ついにわたしたちは『帰郷の祭り』の翻訳権を取得するにいたりました。最後まで匙を投げずに、訳者のわがままにお付き合いくださった未知谷の皆さまに、心から感謝を申し上げます。こうして無事に、本書を日本の読者に届けられることを、ほんとうに嬉しく思います。

本訳書の底本には、二〇一四年に刊行された改訂新版を利用しました。新版には、改行や言葉の選択といった面で、全篇にわたり細かな修正が加えられています。

カルミネ・アバーテの著作は、本訳書と『偉大なる時のモザイク』のほかに、『風の丘』(関口英子訳、新潮社、二〇一五年)の邦訳が刊行されています。本書と併せてお読みいただければ幸いです。『帰郷の祭り』と『偉大なる時のモザイク』が、「旅立ちを強いられた者たち」の物語であるとするなら、『風の丘』は、「故郷にとどまるために闘いつづけた者たち」の物語です。

二つの物語は、アバーテの文学を形づくるコインの両面であり、そのどちらにも、土地と人間のかかわりをめぐる、豊かな示唆と深い思索が含まれています。アバーテの最新作『待つ幸福』は、二〇世紀のはじめにカラブリアからアメリカへ移住した、アバーテの祖父の体験に着想を得た物語です。アバーテは今もなお、ホラを舞台とする作品をとおして、「旅立ちを強いられた者たち」のラプソディアを歌いつづけています。

訳者識

二〇一六年七月　谷津にて

1 Carmine Abate, *Il muro dei muri*, Oscar Mondadori, Milano, 2006, p. 58.
2 *Ibid.*, p. 60.
3 *Ibid.*, p. 63.
4 *Ibid.*, p. 15.
5 *Ibid.*, p.18.
6 Carmine Abate, *Terre di andata*, Il Maestrale, Nuoro, 2011, pp. 34-35.
7 「ジェルマネーゼ（germanese）」とは、ドイツに移住した南イタリア人を指す表現である。アバーテは自著のなかで、たびたびこの表現を用いている。本訳書で「ドイツに移住したことのある人たち」（本書一三二頁）と訳した箇所も、原文では germanesi（germanese の複数形）となっている。アバーテは妻の Meike Behrmann との共著という形で、『ジェルマネーゼ』と題された社会学系の学術書を発表している（一九八四年にドイツ語版、一九八六年にイタリア語版が刊行される）。同書にはノルベルト・エリアスが「あとがき」を寄せている。Cfr. Carmine Abate, Meike Behrmann, *I germanesi. Storia e vita di una comunità calabrese e dei suoi emigranti*, prefaz. di Giuseppe Colangelo, postfaz. di Norbert Elias, Ilisso-Rubbettino, Nuoro-Sov, Mannelli, 2006.

8　Carmine Abate, *Terre di andata*, op. cit., p. 67.

9　短篇集『足し算の生』に収録された「ラプソディア」という一篇に、故郷の村でラプソディアの採集に励む、若き日の作家の姿が描かれている。Cfr. Carmine Abate, *Rapsodie*, in *Vivere per addizione e altri viaggi*, Oscar Mondadori, Milano, 2010, pp. 19-26.

10　Carmine Abate, *Il ballo tondo*, Oscar Mondadori, Milano, 2005, pp. 147-149.

11　*Ibid.*, p. 82.

12　カルミネ・アバーテ『偉大なる時のモザイク』栗原俊秀訳、未知谷、二〇一六年、二五二頁。

13　Carmine Abate, *Vivere per addizione e altri viaggi*, op. cit., p. 97.

14　*Ibid.*, p. 86.

15　アバーテはイタリア語訳を引用しているが、原文は以下のとおり。« To write one must love, and to love one must understand ».（John Fante, *West of Rome*, Black Sparrow Press, Santa Rosa, 1986, p. 109）

Carmine Abate

1954年生まれ。出生地のカルフィッツィ（カラブリア州クロトーネ県）は、南イタリアに点在するアルバニア系住民（アルバレシュ）の共同体のひとつ。南伊プーリア州のバーリ大学を卒業後、ドイツに移住。1984年、ドイツ語による短篇集『かばんを閉めて、行け！（*Den Koffer und weg!*）』を発表し、作家としてデビュー（1993年、同作のイタリア語版『壁のなかの壁（*Il muro dei muri*）』を刊行）。1990年代半ばに北イタリアのトレント県に移住し、現在にいたるまで同地で生活を送る。*La festa del ritorno*（2004年。本訳書）や *Il mosaico del tempo grande*（2006年。『偉大なる時のモザイク』栗原俊秀訳、未知谷、2016年）など、架空のアルバレシュ共同体「ホラ」を舞台にした作品を複数手がけている。2012年、*La collina del vento*（『風の丘』関口英子訳、新潮社、2015年）でカンピエッロ賞を受賞。最新作は、「ホラ」とアメリカを舞台にした移民たちの物語『待つ幸福（*La felicità dell'attesa*、2015年）』。

くりはら としひで

1983年生まれ。京都大学総合人間学部、同大学院人間・環境学研究科修士課程を経て、イタリアに留学。カラブリア大学文学部専門課程近代文献学コース卒（Corso di laurea magistrale in Filologia Moderna）。訳書にジョルジョ・アガンベン『裸性』（共訳、平凡社）、アマーラ・ラクース『ヴィットーリオ広場のエレベーターをめぐる文明の衝突』、メラニア・G・マッツッコ『ダックスフントと女王さま』、ジョン・ファンテ『バンディーニ家よ、春を待て』、カルミネ・アバーテ『偉大なる時のモザイク』（未知谷）などがある。
メールアドレス：lettere@kuritalia.com

La festa del ritorno

帰郷の祭り

2016年8月25日印刷
2016年9月15日発行

著者　カルミネ・アバーテ
訳者　栗原俊秀
発行者　飯島徹
発行所　未知谷
東京都千代田区猿楽町2丁目5-9　〒101-0064
Tel. 03-5281-3751 / Fax. 03-5281-3752
［振替］　00130-4-653627
組版　柏木薫
印刷所　ディグ
製本所　難波製本

Japanese edition by Publisher Michitani Co. Ltd., Tokyo
Printed in Japan
ISBN978-4-89642-505-5　C0097